主编 凌翔

当代著名作家美文自选集

每一寸光阴都是眷恋的时光

张海霞 著

天津出版传媒集团

天津人民出版社

图书在版编目 (CIP) 数据

　　每一寸光阴都是眷恋的时光 / 张海霞著 . -- 天津：
天津人民出版社，2020.1
　　（当代著名作家美文自选集 / 凌翔主编）
　　ISBN 978-7-201-15738-2

　　Ⅰ . ①每… Ⅱ . ①张… Ⅲ . ①散文集—中国—当代
Ⅳ . ① I267

　　中国版本图书馆 CIP 数据核字（2019）第 280590 号

每一寸光阴都是眷恋的时光
MEIYICUN GUANGYIN DOUSHI JUANLIAN DE SHIGUANG

出　　版	天津人民出版社	
出 版 人	刘　庆	
地　　址	天津市和平区西康路 35 号康岳大厦	
邮政编码	300051	
邮购电话	（022）23332469	
网　　址	http://www.tjrmcbs.com	
电子信箱	reader@tjrmcbs.com	

责任编辑　岳　勇
装帧设计　陈　姝

印　　刷　北京楠萍印刷有限公司
经　　销　新华书店
开　　本　710 毫米 × 1000 毫米　1/16
印　　张　13
字　　数　200 千字
版次印次　2020 年 1 月第 1 版　2020 年 1 月第 1 次印刷
定　　价　49.80 元

目　录

第三辑　土地散发着清甜的芳香

第四辑　以温柔的心对红尘的爱

第一辑　春华秋实爱在季节间

　　回望凝眸的一瞬，生命中所有的琐碎和嘈杂统统不见了，飞扬的风拨乱额前的青丝，胸中的爱如滔滔江水倾泻而出。夕阳下的暮色，带着诗意，带着浪漫，让人感叹，让人回味，我想只要心中有爱，无论往哪个方向走，都能看到开花的草，结果的木。

春到花开蝶自来

当微风开始送暖，当天空开始变蓝，当云朵开始大团，当候鸟开始遨游天际，当虫儿欢呼着跳出地面，春天仿佛从一个长长的梦里张开眼睛，带着几分喜悦，几分羞涩，几分含蓄，笑看忙碌的生命。

花是春的主题，各种各样的花儿恣意燃烧。凝神于花瓣上的蜂儿，尽力汲取甜蜜的故事。飞不过沧海的蝴蝶，扑闪着华丽的翅膀，在花丛中来来回回。芬芳飘逸的春天，生机盎然。

街头，因阳光的散铺，沸腾一片。三三两两的女士结伴而行，挨个走进精美华丽的时装店。我挽着闺蜜的胳膊，俗套地跟在人群后边。流光溢彩的店铺，换季的服装已经高高挂起。

忽然觉得，不是岁月催醒了季节，而是女人催开了花朵。女人这个名字，总是带着无尽的妖娆和魅力，让其对应的花朵含羞低垂。春天似乎就是为了女人而来的，花花绿绿的衣裳，赫然就是城市一道亮丽的风景线。

童年时爱美，喜欢漂亮的衣服，可惜囊中羞涩而少了许多打扮的机会。于是，每一个春天到来的时候，我和村里许多同龄的女孩钻进金灿灿的油菜地，掐几枝油菜花枝条，挽成花环，戴在头上，浓郁的花香引来蝴蝶落在头顶。一个个欢蹦乱跳，麦地里，花丛中，留下几多银铃般的笑声。

少女时更爱美，穿廉价的衣服，涂劣质的口红，便宜的粉饼，不管不顾往脸上抹。尽管脸白得吓人，唇红得热烈，却是引得蝴蝶眼前飞。那些围绕在身边的蜂蝶，让青春就那么奔放着，飞扬着。

如今，还喜爱衣服。每一个季节到来的时候，总觉得衣橱里少了什么。于是我满街跑，生怕最美的一件被别人买走了。有一句话说得好，"女人的衣橱永远缺一件衣服。"多精辟，说心窝里了。

春天，给人带来诸多幻想和无尽的美丽，哪怕是最粗的棉布，也能让一季充满魅力。

微信圈里一个朋友，每天会晒晒他读的书。自打认识以来，几个月从不间断。读书写字暖红尘，多好！有书结伴，我想他的四季一定都是春天吧！有时候，我会悄悄停驻片刻，读读那一页宋词，一页唐诗。每一页文字上，就像落了蝴蝶般美好，温馨优雅。

碰到楼下奶奶的时候，她春风满面，说："天气好，太阳大，出去转一圈，散散霉气，去去湿度。"目送她的背影，心里感慨万千。这两年奶奶家闹心的事多，每每说起，泪眼婆娑，有一段时间，甚至都厌世了。

随着春的来临，她精神好许多，说："过一年老一年，还有多少个年能过呢？有些事生不带来死不带去，人这辈子横竖都会遇到不如意的事，全部窝在心里，还怎么活！不想了，不想了。"

我："说是的，过日子，就是炊烟升腾，热水滚沸。也像花，开了，蝶自然会来。"

女友留言说："在市区发展得很好，开的小吃店，虽然有点累，起早摸黑，但是生意还算不错，忙碌点，有盼头，生活便充满激情。"

我衷心地为她欢喜。她家原本是富裕的，不愁柴米油盐，一双儿女听话，招人疼爱。只是那年因融资的事儿，被卷入经济的是是非非中。文静贤淑的她，经不起这些打击，低沉萎靡了一段时间。还好，经过调整，又重新站了起来。儿女双双考上大学后，她和先生一起去市里开了一家小吃店。

　　虽然不像从前那样富足，但是每天有收益，还了银行的贷款后，还有结余。她的笑声从电话里传来，我的眼睛莫名濡湿。

　　人生这条路，我们没有功夫停歇一刻，脚步在奔跑的路上，有时候脚底会被划破。但是别怕疼，走过那些沟沟坎坎，必定会踏上坦途，就像季节一样，越过冬天，春天就来了，多好！

菜花盛开的日子里

土地无边无际，菜花就那么毫无遮掩地开着，黄的灿烂，黄的耀眼，麦苗成为点缀，村庄被黄黄绿绿包围。我拥春而坐，满怀阳光，时光似乎都散发着清香。

故乡很偏僻，一条蜿蜒起伏的河流围绕着，长年流动不息。菜花长在河边，一洼又一洼。菜花盛开的日子里，父亲最忙，他从土坯老屋牵出那头黄牛，扛起犁耙去犁春地。春地夹在一块块菜花和麦地之间，土地上有黄、有绿、有黑，三种色彩泾渭分明。

父亲很有力气，他的声音特别洪亮，吆喝老牛，从地头一边到另外一边都能听到。犁春地对父亲和老牛来说，是相对轻松的活计。年内已经犁过一遍的土地，经过雪的润泽，明显松软许多。父亲赶着牛，牛踩着带墒的土地，很是惬意。

天空瓦蓝色，像是被清洗过一般。从丹江河里倒映出来白色的云，触手可摸。很多和父亲一样犁地的乡亲，他们隔着地块大声说话，兴趣高的还会停下来让老牛自顾自地站着，几个人凑成堆儿，掏出香烟一人发一根，头对着头就着一根火柴把烟燃着。那些烟圈，飘飘悠悠随着他们的鼻尖冒出来，而后冉冉升空。

他们互相商量，春地该种啥苗，最好不能重茬，那样土地少了养分。能结邻种植更好，这样无论是锄草还是收秋都有说话的人。故乡人爱热闹，哪怕是锄地也不愿意一个人寂寞着。

挨着河边的村子啥都缺，就是不缺土地。头一年秋天涨的河水，经过一冬一春的消退，已经远离了村子。那些裸露出来的土地，我们称之为"河地"，大片的河地如同盘旋仰卧的巨龙。

春暖花开时父亲最忙，他放下手中的犁铧，匆匆赶去村部，为了给乡亲们争取水淹地的补贴。

不管日子怎么样，春天总是极其热闹，特别是养蜂爷爷的蜂儿，一大群一大群，跟开会似地凑成团，"嗡嗡嗡"地让贫瘠的土地生动许多。

几十箱蜂箱一字排开，一拉溜好长。河边的白杨树林里，养蜂爷爷就着几棵树，搭一间很小的窝棚。别看窝棚很小，锅碗瓢盆啥都有。村里人说让他回村吃饭，哪家都不缺他一碗。他笑着说，"那些蜜蜂不能离人，正采蜜呢，得抓紧"。

我经常看到他带着很大的黑色纱网帽子，遮挡得看不见脑袋，弯着腰，忙着，忙着，那腰便弯成了一张弓。一年又一年，当我吃着甜得腻人的蜂蜜时，总会想起那腰，弯得似乎能顶着天。

不知道哪里来的鸬鹚，好几十只，沿着菜花长长的堤岸，一摇一晃朝河边走去，在主人长长的竹竿下，一个个扑棱着翅膀跳下河，肥硕的身子扎进深蓝色的河水中，荡起一圈圈涟漪。那些鸬鹚只要一会儿，便一只嘴里咬着一条乱扑腾的小鱼探出水面。

主人揪起它们的脖子，强行把那条小鱼拿出来，扔进桶里。鸬鹚不甘心地看一眼，垂涎欲滴地又一次跳下河水，这样的次数不断重复。于是，桶里装满了活蹦乱跳的鱼，日子在那些桶里长了颜色。

菜花开得沸腾的日子里，我把一本书放在挖野菜的篮子里，抽出闲暇工夫，趴在青草茵茵的河堤上，翻一页，再翻一页，那些页面里似乎藏着一世的光亮。

我的梦想在一页页的书稿中渐渐饱满，在柔软的心里长出一篇轻盈的童话，慢慢延伸成一份沉甸甸的希望，最后和开花的草一样，在故乡的土地上结出一份厚重的果实。

多年前，我沿着故乡的菜地，拔起一棵棵野菜，喝着清凉的河水一路走来，在磕磕绊绊、跌跌撞撞中学会了坚强，在生活的起起落落中学会了淡然，在父母亲和乡亲们鼓励的眼神中走向远方。

春分，时光的分割线

春分，盛装出镜的植物太多，春，已经春得不能再春了。

斑斓缤纷，辨不清色彩，特别是黄色的菜花，红色的桃花，白色的梨花，花太多，入眼的全是花，这是一个属于花儿的季节。

春分是单日也是双日，街上不时有喜庆的婚车穿过，鲜艳的玫瑰和大红的"囍"字在清爽的空气中流淌。喜气洋洋的新人，走过今天，将踏入生命中的另外一个阶段，和春分一样，走过人生的第一条分水岭，今后将有许许多多美好的日子等待演绎。

城市里的春天太小，小得只剩下石缝里长出的花朵。我喜欢的是乡下的春天，那是大朵的、辽阔的，是让思绪无限延展的。于是我回乡下，用双眼追逐斑斓的色彩，那些闯进心扉的花香和葱绿的庄稼，实实在在地证明，春天已经躺在怀抱里一段时间了。

故乡有多种麦子和油菜，春分过后，越冬作物进入生长阶段，那些植物疯了似的，争着抢着，生怕慢一步就会被季节抛弃。

广袤的中原大地，无论怎么看都是绿色和金色，那些全是生命的颜色，让每一个热爱生活的庄稼人欢喜不已。

"二月惊蛰又春分，种树施肥耕地深。"春分夜里，几声轰隆隆的声音自苍穹而来，跋涉整整一个冬天的雷公终于到了。在深眠的夜里响几声，好像在提醒熟睡的人们：春天如此美好，赶快深耕播种了。

山上，种树的早已忙碌不已，故乡是南水北调中线渠首水源地，为了确保一库清水永流北上，这些年倾尽全力保护环境，大造林木。原本荒芜的大山，已经葳蕤，林木以新生的状态露出青绿，青山碧水，绿树成荫，是故乡的新面貌。它俊秀挺拔，像朝气蓬勃的年轻人，在通天的大路上，快速前进。

春分了，爬山的人来了，春天像长不大的孩子，陪着那些登山的人、踏青的人尽力欢腾。山坡、河边、地头、桃花林，处处人影晃动，野炊的、挖野菜的、捡石头的，数不胜数。大自然张开无私的怀抱，拥抱着每一个踏在地心的人。

我很庆幸，我是有土地的人，一亩四分地上栽了月季，这会正卖力地抽芽吐蕊，马上，马上就会看到大团的花朵，这让我的心有了长久的归宿。

我妈永远有忙不完的活儿，两个小小的菜园子是她的寄托。她拔掉瘦弱的菜花，留下肥硕的；蚕豆秧太深了，蹲下去看不见人影；豌豆花凌然而舞；白色的芹菜花细细碎碎；葱正打苞，小钟一样顶在头顶……

花太多，她起身的时候被各种各样的花蕊黏在身上，星星点点，馨香盈怀。

我和春天零距离

脱去冬的外衣，解开冰的封锁，春天就这么闯进怀中。从第一天凌晨看到它，心里就再也放不下，我想必须去拜访它了。

乡村在它的鼓励下，进入农忙时节。丹江河没有汹涌的波浪，一波一波的涟漪蜿蜒而去，流向遥远的远方。杂草丛蒲红英领先一步，开一朵黄色的花随风摇曳，蹁跹出早春的清丽。四瓣的兰花花，好像亲切的老婆婆，铺散在广阔的大地上。

我心里的春天，激情满满地跌落进来。红尘里，我爱恋地抚摸这一地的春潮，一季的美好。站在春天的眉梢，看花绽放，听风呼吸，与每一株草亲密接触，长久地沉湎在春暖花开中。

好友拿着手机趴在地上拍花，把长长的春天揽在心中。破土而出的叶子，青青然，绿绿然，长出生命的新意。泥土托举着她羸弱的身子，微风拂着她凌乱的头发。初升的太阳普照下来，一切都那么自然，那么随意。

有一远方亲戚家里条件不好，得到精准扶贫扶持，在小城分得一套房子，春日乔迁新居，打电话邀请我去坐坐。

沿着春的气息走进一片建设漂亮的社区，一栋栋高楼拔地而起，楼房外墙是黄花一般的色彩，明亮干净的窗，在阳光下熠熠生辉。

房子不算大，两居室，于三个人而言，却是宽敞的很。房间布局规划合理，客厅、卧室给人舒适之感。我像来自乡村的客，一间间参观。厨房极好，修了橱柜，墙壁贴了白色的瓷砖，亮亮堂堂。搬来锅灶便能生火做饭，方便得不得了。

卫生间也是周到极了。马桶是坐便，脸盆是高立带支架的，就连最小的水龙头也安装到位。

阳台和客厅紧挨着，有一扇玻璃门隔开。亲戚紧跟一步，说玻璃门也是扶贫工作队给装的，我惊诧地回头看他。

他咧嘴一笑，说："扶贫政策真好，有啥想法只管说，觉得房间哪里设计的不到位，有专门的工作人员分割。"

亲戚一边梳理着阳台上一盆新买的盆景一边说："扶贫政策好，精准到位，感谢国家啊！"

我连连点头，说："这样的居住环境，太美了。"

离开的时候，斜阳正好，楼下广场上许多老人正在晒太阳，草坪上绿草茵茵，孩童嬉闹。明媚的光，绿色的草，正在这里生长。

精准扶贫，我在心里念叨一遍又一遍，发自内心的感慨：唯有我们深爱的祖国和可亲可敬的国家领导人，才能记挂着这样一群生活在社会底层的人民群众。

表弟打来电话，说他休假回来探亲。看到表弟那一刻，竟然激动到无语。几年前，十几岁的表弟去当兵，那时候还是幼稚的孩子，如今归来，一脸成熟，像春天的菜花，宽厚得很。

表弟当兵八年的时候，走出国门，去南苏丹维和。走的时候，还没有打春，冬日的寒冷让舅舅和舅妈恋恋不舍，只因听说南非环境不太好，心里便有太多的挂念和不舍。一年不算长也不算短，尽管微信还能联系，但是远隔千山万水，总让人牵肠挂肚。

年内表弟安全回国，喜坏了亲戚朋友。有了这段特殊历程的表弟越发稳重。他发手机中的照片给我们看，说南苏丹的生活，老百姓过得水深火热，孩子们渴求的眼神像刀子一般刺进他心里，每次和那些孩子接触，他就特别痛。

翻看表弟手机里的照片，一个个黑人小孩，穿着不规则的衣服，拖鞋破得不像样，有些孩子还打着赤脚，他们露着白皙的牙齿挤进镜头。一双双清澈的大眼睛望着远方，那些眼睛让我不由自主生出心疼。

上帝说，每一个孩子都是天使。真希望他们都能长出一双翅膀，自由自在地翱翔在天空。

表弟说，南苏丹因战事经济落后，气温高容易生病，那里的人看病都是难题。我们围着表弟看完相片，心沉甸甸的。表妹说，还是我们国家好，国富民强，老百姓安居乐业，为我们出生在大国而骄傲。

如今，总会想起南苏丹儿童，那些离我很远又很近的眼神。

如果世界永远和平，永远是春天，该有多好。

凌风而走，我在春日想事儿，把不快的因素抛弃，留下幸福美好的种子。待明年，一定能收获更多的快乐。我亲密地抚摸春天的脸，让微风尽情沐浴身心，把春天拥进怀里，不留一点缝隙。

蔷薇开在石台旁

这个季节太美好，睁眼看到花，闭眼闻到香。

早上送孩子去上学，太阳已经穿过楼顶，洒出一道道霞光，给整个天地披上一层金色纱衣。小宝欢蹦着走在前边，走着走着忽然停住，惊诧："好漂亮的花！"

循着小宝的方向，顿时陷入巨大的惊喜之中：一溜花缠绕在路旁一圈石台上，纯白的蔷薇花，开五瓣，稠密的花朵在枝叶间怒放。我紧忙向前，附身闻闻，香气宜人。

一个中年妇人顶着初升的太阳，在蔷薇架旁边的一块小菜园子里挖地。黑色的土壤被她一锹一锹挖起，翻出潮湿松软的泥土，捣碎后，捏着一粒粒种子丢下去，随后又是一遍薄薄地翻土。她细致地种地，像侍弄孩子一般小心翼翼。

看着她倚在花旁，闻着花香播种，忽然想起那首人尽皆知的"春种一粒粟，秋收万颗子……"她一定是热爱土地的人，所以才会把这个不大的旮旯狭缝开辟出来，专门在旁边栽了一溜蔷薇做篱笆。

少年时，外婆家有一大片蔷薇，占地最少几十个平方。巨大的蔷薇像雨伞一般，形成屋子状。太阳大的时候、下雨的时候，外婆养的鸡鸭不用赶，自己就钻进去避暑避雨。最大的牲口是头猪，和十来个小猪仔，在蔷薇架下哼哼唧唧。

每年蔷薇花开的时候，外婆会把那些花瓣摘下来，晾干后用袋子装起来。冬天的夜晚，我们喝着外婆煮的蔷薇花稀粥，像一个个喂不饱的小猪仔。

蔷薇花瓣易碎，经不起一阵风花瓣便落一地。风再吹，花瓣就飘散着，弥漫天地，形成一片美丽的花海。风停后，房前屋后的草丛里，便长满花瓣。

在邻村读小学的时候，蓝砖灰瓦的教室，院墙亦是灰色的砖，带着一种压抑的深色调。那时老师多是民办老师，上课后就匆匆回家，他们在种地和教学中来来回回。

学校有两个老师例外，他们是夫妻，也是唯一吃国家粮的老师。他们上完课后只需要几步路，便可回到宿舍。三间房子挨着院墙，距离房子前两米远的一块空地被他们开辟一个菜园子，里边种各种时令蔬菜。

院墙旁不知道从什么时候起开花了，白色的、红色的蔷薇花顺着院墙爬高爬低。偶尔那些枝条不规则地掉落下来，也被男老师扶上去，并且专门用铁丝捆绑上，那些枝条越长越多，最后半个院墙都爬满了。

于是每到春天便有一种奇观，院墙上伸展的枝条像跳动的五线谱，那些开在叶间的花朵，争着挤着露出面，扑鼻子的香气让校园清新无比。

半个院墙的花成了大家的喜爱。女孩子摘一朵卡在头发上，头上便开着粉色的花。偶尔趁老师不注意，偷偷折一截嫩枝条，剥掉皮咬一口，蔷薇枝带着绿色的甜，让人回味留恋。

那些年，因了蔷薇花，灰色的院墙也充满雅趣，深沉的色彩有了底蕴。

这个春日的早上，看石台旁的蔷薇花，看在微风里摇曳的蔬菜，看柳丝飘飘，看桐花高挂，看玉兰风姿蹁跹，神游其中，心生欢喜。

　　回望人生历程，虽然一直忙忙碌碌，为了衣食住行而落入俗套，但是因了记忆中的点滴片段滋润心田，生命变得精彩几许，纸上也跃出了清香。

柳絮飞呀飞

风吹，一团一团在头顶飘呀飘，好像仙女寻找家一样。飞过东家，再到西家，觉得达不到心意，继续飞呀飞，直到自己满意为止。

施施然然、慢慢悠悠，轻飘飘落下的便是柳絮了。

墙角处、田埂里、花朵上、树叶上、小孩子的衣服上、头顶上，附上白绒绒的一团。

"三月尽是头白日，与春老别更依依。凭莺为向杨花道，绊惹春风莫放归。"诗人白居易这样写柳絮。我那从尘埃里爬出来的童年，总是在这样的时节，翻出旧事。

家门前有两个大池塘，池塘四周栽满柳树，它的枝条拂在水面上，随波荡漾。嫩绿的枝条折几枝，随手挽成圆圈，戴头上就是一个美丽的花环。

四月，戴的花环太多了。菜花是金色的，柳枝是绿色的，葛花是紫色的，兴致高涨的，榆钱儿也可以。

柳絮飘的时候，池塘边上堆满女孩，一个个惊呼连连。那些白絮絮有些不愿意随风去，便静悄悄地站在树下，轻柔柔白乎乎一层。像雪，却不冷；像棉花，少了厚重；我觉得像云，是的，像云，带着飘飘感。

小伙伴们蹲在地上，轻轻捧起那些柳絮，慢慢挪移到嘴边，然后鼓起嘴巴，用力吹。那些柳絮呼啦一下散开了，不由自主地飞，有的飞到南，有的飞到北，东南西北出路多，和大家的梦想一样，飞过树梢，越过屋檐，最后在风的力度下飞向遥远。

读初中的时候有一个山里女同学，她早上出发，翻过一座又一座大山，最后坐着带马达的汽船，用时整整一天，到学校的时候，一身尘土中难掩疲惫。肩膀上斜挎一个花书包，里边有两个馒头，几个煮鸡蛋，那是路上的干粮，却是舍不得吃，一直带到学校。

女孩个子小，嗓门大，特别爱笑。她说一个学校就她一个考上初中，连续几年没出成绩的山区学校，因了她，荣耀的很。出发去山外求学的时候，班主任和同学们送了好远好远，要好的女同学折了柳枝，做成环戴在她头上，说可以遮阳，还嘱咐她放假了记得回学校看看。

初中三年，女孩充分发挥山里女孩的韧性和坚持。课间十分钟其他同学在打闹玩乐，她在背课文。夜晚下了晚自习课，大家睡熟的时候，她点着煤油灯在演算数学。有月亮的夜晚，她悄悄起床，坐在女生院的石凳上，就着月光看书。

记忆中，她似乎走路都带着一本书。

当我们打着哈欠埋怨没有睡足的时候，她依旧在读书，她完全把自己装到书中了。有同学劝她，别累坏了，人非铁，总得休息。

她却说她是笨鸟先飞，因为知道自己不是最聪明的一个，又是出生在大山里，内外因素都不允许她偷懒，她说她是山里的一朵柳絮儿，长得不起眼，想要飞出大山，必须得拼尽所有的能量。

老人们常说"种豆得豆，种瓜得瓜。"她的辛苦没有白费，最终从我们那班同学中脱颖而出，进入更高的学府，最后达到她想要的高度。

后来，大家各奔东西，走得越远，记忆也变得越模糊。

如今住在城市，小学、中学、高中，三座学校离家很近，每天在孩子们的跑步中张开眼睛，听着书声，好似回到了当年，那些埋藏在记忆深处的点滴层层浮现，修补遗落在时空的美好。

流年翻转，温润一段又一段日子。看着眼前这些欢腾的孩子们，不断感慨，他们不久后就会像柳絮一般，飘飘悠悠飞向高空，寻找属于他们的诗和远方。

谷雨迎新绿

谷雨，春天的最后一个节气，预示着天气即将变热，夏季快来了。

对于二十四节气，能记住的很少，唯有谷雨印象深刻。能记住谷雨这个节气，要归结于我妈。每年栽苗，她总是催我们栽快点，栽快点儿，尽量赶在谷雨前把苗子栽完。谷雨后，该扎根的扎根，不扎根的死去了，尽快补上一棵。无论有什么事儿耽误，都要抓紧时间栽苗，万万不能让土地闲着。

那时候我不看花，乡下花太多，贱生贱长，路边，地埂，旮旮旯旯哪里都是，多了就视觉疲劳。我爱看的是庄稼苗，那些被我一棵棵栽在地里的青苗。

谷雨后，移栽在地里的青苗，隔一个晚上去地里看，就能发现它们变了样，根须多了白色的纹路，那是扎根的迹象。叶子变得更绿了，要么重新长出两瓣新芽，带着露水的苗子，冒着绿气，崭新得让人迷恋。

谷雨后气温升高，雨水随之增多。落一场雨，热苗子嗖嗖地长。无论雨大雨小，苗子地都得锄一遍。一是松土，二是保墒。春雨贵如油，说的便是谷雨前后的雨对青苗的重要性。

谚语道："谷雨前后栽地瓜，最好不要过立夏。谷雨栽上红薯秧，一棵能收一大筐。棉花种在谷雨前，开得利索苗儿全。"古诗也有"天点纷林际，虚檐写梦中。明朝知谷雨，无策禁花风"。

谷雨时节开得最旺的花是牡丹，当然乡下的野花也有很多，只是不被人注意罢了。唯有牡丹大团锦绣，是人们赏心悦目的对象，它似乎想抓住春天的末尾，染一季美好，让春天从头至尾，洋溢的全是诗情画意。

乡下的谷雨最忙，谷雨后几天，满地都是人，苗子基本栽的差不多了。早花生，早玉米都是在谷雨后种进土地，气温高，只需三几天便能看到露头的青苗，而后就是疯狂地窜着长。

小时候，过了谷雨，每天早上我妈总是把锅灶的柴灰用铁锹铲到篮子里，让我们挎着，一棵红薯秧根部撒一把，那时不懂其意，揉着惺忪的睡眼，一边嘟囔一边干活。后来才知道，柴灰有防虫治病之效，还有松土之功。据说施了柴灰的红薯苗，结的红薯也会增大。

印象中，村里家家户户都没有浪费过那些柴灰。豆苗、瓜秧，各种苗子都有过这样的"待遇"。散落在它们身上的柴灰，极其不协调地打破妩媚妖娆的身姿，绿得冒油的叶子上，爬着一些灰黑的柴灰，像虫子一样，不好看，也好看。

麦子是谷雨时最优雅的庄稼，它们斯斯文文地开花、上浆，然后在布谷鸟的催促中逐渐变黄。一个个孩童眼巴巴地看着那些在风中晃悠的苗子，趁着大人不注意时，揪一个麦穗，放在手心里搓，搓得嗤嗤响，然后用嘴轻轻一吹，麦壳儿便四下飞去，留下饱满的麦子落在手心。一股脑倒进嘴里，清醇的麦香，便长长久久地留在口腔。

谷雨了，我跟着节气一路回到故乡，在一望无垠的土地上，听到了风来风往，看到青青的苗子成排成行，白云在头顶漂浮，夕阳挂在远处的地平线上，那些颜色落在乡亲们的身上，竟然成了七彩的光。

春风吹

我是春风带着来到河边的。

春，以暖色的调调浸染丹江，朝阳落在河面上，荡起一层又一层明亮的光，河水以清新的姿态迎接朝阳，红彤彤的颜色，把河水也上了色彩。

远处的山，合着薄雾，便有了神秘感。河面上的渔舟，在光影中散出一种悠然，波光粼粼的河面因了那些渔舟而活跃起来。手拉渔网的乡里人，捧着一条条欢蹦的大鱼，咧开嘴巴笑，一整天都欢欣不已。

晨跑的人，挑起一片片墨绿，把生命的颜色放在肩膀上，映射着河面上的那片七彩霞光，于是河边、河面，如同油画闪着斑斓的光。站在河边的人和站在渔舟上的人，把朝霞，河水和绿色揉碎融合，多次重复，多层描写，河便丰富起来，线条层次分明。布局、色彩、黄金三角点格外富有意蕴。我在这样的空间里，仿佛自己也是油画的一笔，随着光影婉约流动。

听着风轻柔地从耳边飘过，能感觉到一种洁净和莹然。走在河堤上，风便猛烈些，一次次蠕动，一次次拂进灵魂之中。我似乎深刻地体会到风吹的含义，体会到河风荡漾的律动和深沉。

一股股风从遥远的地方吹来，它是从哪里开始的？最终又将到哪里去？越过这条大河后，还要经历多久的遥远征程？这其中，它历尽多少曲折和泥泞？是从秋天开始，还是从冬天而来？它们就这么一直追逐，一波一波追溯自己原始的命脉。

庄稼地里的风软了些，但姿势极其妩媚。青绿的麦子上，它轻盈地拂于麦尖上，细腻中透着曼妙，翩若惊鸿，一圈又一圈的旁若无人，舞尽红尘的美。

站在地头的老农裹一身温暖，看庄稼的起伏和直立，看一眼，再看一眼，眼睛便笑了起来。被绳索勒出皱纹的眉头，多出平平仄仄的韵律，好像一层层的花朵，让一个长长的季节都充满诗意。

村庄的风稠密了，鸡鸭沿着门槛走出一条乡村特有的路线。房顶的烟囱冒出青烟，顺着风的方向而去。母亲坐在家门口，箩筐里装满针线，老花镜映在霞光中，朦胧出一股水汽，她手捏着纤细的绣花针，一针又一针，那些花草就长满屋子。

"春风先发苑中梅，樱杏桃梨次第开。荠花榆荚深村里，亦道春风为我来。"古人的风雅和村子里的花事一模一样，先是吹开杏花，樱花次第，桃花、梨花应景而来与菜花和韵，铺就一场盛大的花事，随着风的律动而摆拍出各种造型。

我拖着齐脚踝的长裙，顺着风的指引，沿着熟悉的再也不能熟悉的路，信步而去。走在广袤的土地上，河边也好、地头也罢，心便安静下来。

坐在大自然的怀抱里，看云卷云舒，守着岁月的流逝，收拾光阴的恬然。这就是生活吧，抑或是一种境界，是生命的升华和超然，而这些都是春风带来的。

立夏

这就是夏天了。

感觉才刚刚欣赏过花红柳绿、姹紫嫣红，沉浸的思想还在回味，迷恋的眼神还没离开，夏天就这么冲了过来。我待在季节的入口处，愣神许久才确认，夏天是真的来了。

春夏秋冬四个季节，夏天是热的代名词。每每提起，不由得生出一身热汗。而今又立夏，驻足遥想，却发现夏天是多么丰腴的季节，且不说那些在春天迟迟不肯开放的花朵在夏天要展露姿态，就那些大片的即将成熟的麦浪也是最美的风景。

关于二十四节气，特意查过资料，立夏是夏季的开始。"立夏"的"夏"是"大"的意思，是指春天播种的植物已经长大了。

在乡下，立夏一过，各种青苗基本一天一变化，绿油油的疯着长，乡亲们称此时的青苗为"热庄稼"。

从古至今，农人们在长期的生活和生产实践中，总结出天气变化对日常生活与农业生产的关系，许多人还以立夏这天的天气阴晴，预测这一年庄稼的丰收或歉收，认为立夏时最好下场雨，不然便会"立夏不下，旱到麦罢""立夏不下雨，犁耙高挂起"。

今年立夏这天，一场雨水如约而至，似是为了践行农人们的预测和总结。夏雨滴滴答答，落在各种绿植上，每一株都带着晶莹的光。

我站在乡下无垠的土地上，看这里一片绿，那里一块青，远观近看都像是水墨丹青，找不出一点瑕疵。油菜花热闹一个春天后，以饱满的菜籽走进夏天，要不了几天，就要收油菜了，那些细长的、鼓鼓的菜籽好像凸起的小山包，把一棵棵菜秧子压得东倒西歪。

豌豆、蚕豆、扁豆也都将在立夏不久后成熟，由最初的青涩转变为丰满。包裹在豆荚中的果实在夏日的强光之下，好像不需要多久，便会"啪"的一声，裂开一丝欢喜的口子，透过那道细小的缝隙，我能闻到豆子的香味，那是期盼许久的美食。

立夏过后，似乎要不了几天，镰刀、木锹、木杈、扫帚、石磙、碾子这些麦场要用的家伙已经收拾停当。一场雨后，母亲从草房背出一篓干草渣子，匀实地撒在门口的空场上。父亲赶出老牛，套上石磙，甩开扎鞭，开始赶牛碾麦场。

每每看到这样的场景，我们知道，这是准备夏收了。

最先成熟的便是那些豆类作物，被乡亲们称之为"粗庄稼"。"粗庄稼"一般都种得少，所以不需要很大的场地，自家门口稍微宽敞点，足够用了。

豆类庄稼割着快，但是收着也费力。像油菜，割回家后需要放在一大块薄膜上，大日头暴晒一整天，然后把石磙推到薄膜上，最后拿起一把油菜秧，握紧油菜根部，结籽的部分对着石磙，用力摔打，在重力的作用下，藏于菜荚中的菜籽籁籁落地，顺着石磙落到薄膜上。

收菜籽似乎只有这样一种方式，那些微小的菜籽比孩子还金贵，不敢在地上敲打，钻入地缝就糟践了。种一茬庄稼不易，乡亲们舍不得糟蹋一点点，宁愿多撒一把汗水，也要颗粒回家。

相对而言，蚕豆、豌豆、扁豆容易些。扔在碾过的麦场上，依旧需要大太阳晒。待到日上正午，乡亲们赶着老牛套上石碌，一圈一圈的碾，那些圆溜溜、扁扁的豆子便落在秧子下边。用木杈捡起秧子，顺风扬起，风吹走细碎的渣渣，唯独留下豆子光溜溜地睡在麦场上，捧一把豆子，沉甸甸的让人欢喜。

经历一茬豆类碾过的麦场，待不久之后收割的麦子进入麦场，便省事许多，极大地节约了时间。乡亲们腾出工夫，全力夏收，麦子才是过日子最需要的。

立夏后不仅庄稼要熟，各种树木也进入最葱茏的时节，入眼见到的都是绿色。这时候的绿，不再是浅绿，淡绿，而是深绿，墨绿，浓绿了。果树挂满青溜溜的果实，最早的油桃已经红了尖尖，街头偶尔有挎着篮子叫卖的。小樱桃刚刚吃完，大樱桃又进入成熟期。小区内一家院子内，几根树杈伸到墙外，我看到大拇指那么大的梨子，结得疙疙瘩瘩。

随便收拢一下，夏天竟然如此丰腴，还有那些长在地里的西瓜、甜瓜、菜瓜……

最优雅的要数开在夏天的石榴花、栀子花和荷花。"小荷才露尖尖角，早有蜻蜓立上头。"荷花是夏日最亮的风景，大朵的花儿清纯得不染一丝尘埃，闭眼嗅嗅，那些香，足够整个夏天回味。

立夏了，我眼中看到的，心中想到的，有收不住笔的架势。这些属于夏天的精灵，或绿，或黄，或红，或香甜，让一个炎热的季节精美无限。

我以为不管是庄稼，瓜果，还是花朵，都是季节赋予人们的食粮，过了立夏，就开始了。

小满，小满

小满是二十四节气之一，夏季的第二个节气。小满的含义是夏熟作物的籽粒开始灌浆饱满，但还未成熟，只是小满，还未大满。

从前，我不记得任何一个节气，以为每天都一样。顺从大自然的安排，听着风声，看着广袤的田野，查看每一个季节的变化。我期盼开花的植物快快结果，期盼碧绿的麦浪快点黄梢，唯有如此，饥肠辘辘的腹腔才能得以安慰。

那时候住乡下，和泥土融为一体，沉浸于各种绿草庄稼当中，日日抚摸庄稼，清楚它们生长的每一个细节。

我和故乡的乡亲们会根据庄稼的生长，判断出所谓的节气，麦子黄时差不多就是小满了。因了那些发黄的小麦，生活多了无尽希冀。乡亲们背抄着手，跷着宽大的步子，在地头来来回回的走动，时不时俯下身子，用鼻尖嗅嗅麦子，眉眼间全是笑意。

夜晚，我们铺着凉席睡在月光下，寂静的夜里，听着蛙鸣，闻着清甜的麦香。天上的星星一闪一闪，偶有流星划过，留下一道白色的尾翼，把夜晚的世界照耀得璀璨无比。

我梦里的麦子和现在的麦子有区别，麦子很高，差不多能淹没到我的脖子；麦子很稠密，熙攘不透；麦穗很大，饱满的麦穗压弯了麦秆，它们一齐拉低着头。于是我心里便存下了画面。

大片的麦穗整整齐齐低着脑袋，似乎是向大地致敬，又似乎是向苍天表示谢意。我和小伙伴迈步奔跑在地埂上，伸开双臂任凭针状的麦芒痒痒地扎在胳膊上，一路跑，一路喊，脆生生的笑声在田野里飘荡，飘着，飘着，就飘到了远方。

多年后，二十四个节气我记得很清楚，却离故乡越来越远。

今年的小满是被一场又一场大雨催着来的。我听到楼台的雨水哗啦啦流下，听到风声拍打窗户的声音。我无数次坐起躺下坐起，然后便是长长久久的失眠。

我担心那些长在地里的麦子，能不能经得起这些瓢泼大雨的肆虐；我担心那些马上要成熟的麦子地里，太过泥泞，能不能经得起割麦机的负荷。

昨天回乡，隔着车窗看到黄的麦子，一大片一大片。麦穗在微风中摇曳，麦秆也黄了。土地表面被雨水拍打得硬硬的，太阳照射下，发出白的光。我知道这是土地制造的假象，只有踩上去才能体会泥泞到拔不出脚感觉。

如果不是有事在身，真想下车去麦浪中坐坐，去感受泥泞，体会一下从前的日子。那些麦子挺立在土地上，它们没有我梦里的麦子高，但是很坚挺，麦穗似乎也没有梦里的麦穗大，但是入眼的却是一分收获。

这些麦子在田野伫立了一个冬季和一个春季，终于快要完成使命了，这时节的任何风吹草动，于它们而言都是过客。此时此刻，进入粮仓是麦子唯一的执念，也是我的执念。

眼睛始终盯着窗外，看路旁的树木，看地里的青苗，它们在季节的催生下，由嫩绿变成墨绿，由稀疏变得稠密。林林总总的花草树木，皆在小满之前完成一次蜕变。

路旁有摆着篮子做生意的果农。杏子黄了，油桃红了，麦收前熟透的果子，极其招人喜爱。果农的脸上有笑，种庄稼的大手握起秤杆，多几分厚重在其中。

"四月中，小满者，物致于此小得盈满。"我似乎理解了这词的含义。

五月

我是欢喜着走进五月的。

五月，令我迷恋的事太多，且不说那些盛开的花朵让人欣喜若狂，就凭气温升高，让柜子里花花绿绿的裙子，衣袂飘飘地走进闹市，也让我为之陶醉。

五月的植物，也是欢喜之一。植物中数庄稼最有特色，各种青苗在阳光的照射下，迅速生长。它们似乎在表达着一种微妙的情感，或者可以说是机缘和生命力。

五月的草木是有性情的，它们经历了春的复苏，于一二三四月中跋涉，这期间有风吹，有雨打……它们如今在阳光中舒展叶子，也曾经在冰雪中抖擞。

隔着季节，我感觉它们的精神和呼吸，那些来过的花朵，那些随风摇动的小草，都让我感到动容。植物们的生命已经深深地扎根与大地之中，卖力汲取土地的养分。于其而言，它们历经了季节，和人一样，度过幼年，正儿八经长大了。

五月有立夏，有小满两个节气。不说立夏，单凭小满，就足以让人乐开怀。小满之后，基本就要进入夏收了，日子瞬间满满当当、踏踏实实了。

吕洞宾有联曰：一粒粟中藏世界，半升铛内煮山川。虽然这首对联是写旧时山中僧人的清苦生活，对应古代的是锅里煮的东西可以救人。

实际上任何时代，锅里所煮的东西都可以救人，不仅仅是古代，现代依然如此，在几十年前，50后，60后的前辈们，他们经历解放初期的艰苦，加上自然灾害，树皮树叶放进锅里煮一下便充饥，那时候全凭野菜草木果腹。所以五月的收获是让人幸福得不得了的事儿。

五月葳蕤的草木，则生出诸多灵性。佛家言，一花一草一世界。草木能反映出一个人的真性情，爱花草的人，是心思细腻的人，情感丰富的人，有情蓝田能生暖，翠玉能生烟。

草木有情，瓜果有义。五月后街头便有了推车叫卖的人，又大又白的甜瓜，用拳头砸开，一股香甜便进入肺腑，丰收的喜悦弥漫在瓜农的脸上。

杏子黄了，黄色的果果令人垂涎。桃子红了，像孩子的笑脸。一筐一筐、一篮一篮的果子，都是季节催促着走进五月的。它们熟了，它们红了，和日子一样红红火火，热热闹闹。

最重要的是五月有一个特别的节日——母亲节。节日让五月温馨无比，这个世界上，最伟大的人莫过于母亲。网络上有句话说得好：一个女人能一手抱着孩子，一手领着大包小包的蔬菜，肩膀斜挎着自己的包，脊梁背着孩子的包……

一个女人为救被压在车下的孩子，一个人竟然抬起一辆车……

认识一个母亲，为了自己的女儿，她每天拼命工作，为多挣一点钱，基本都是工作到深夜。她时刻关注女儿的朋友圈，从女儿的信息中琢磨她此刻的心情是好还是坏。女儿做生意，比她自己做还要累。她经常对我说，孩子想做生意呢，必须得支持。

我沉默不语，她的支持完全建立在透支她的生命之上，这样的母爱令我有窒息的感觉，太沉，太重，无法称量。

五月的康乃馨，娇艳、温润，层层娟娟花开在眼前。五月是植物繁荣的季节；五月是母爱葱茏的岁月。我们把母亲的爱放置在一个日子上，那秤砣便重重地坠下，落在心里，化作温暖。

春华秋实

　　秋季，多数植物进入安静状态，似是缓解夏日的妖娆，又似储备冬日的厚度。每天上下班，眼睛都会顺势扫荡一圈。几朵紫薇在秋色里矜持地开着，她们的庄重让枯萎的植物显得有些狼狈。

　　我喜欢这样的时光，漫步路上，抬眼，低头，感受季节带来的变化。路旁的一拉溜树干上，依旧挂着输液的袋子。一根长针扎进树的身体，袋子里的液体通过细细的管子进入树的脉络之中，这就是树的"营养液"了。

　　我不止一次看它们，触碰心灵的深处。植物的活法和人的活法何其相似，树木衰了，需要营养液，人的营养液又是什么呢？

　　人活一世，草木一秋，我想真正植入心灵的营养液，应该是天地万物，虚怀若谷吧。

　　天是蓝的，云是白的，一朵一朵，绒花般飘飘絮絮，沸沸扬扬从头顶游走，不停地转变着花型。风拉着云，云驾着风，在秋日的傍晚潇洒走一回。生态和谐，环境优美，没有什么比这更有说服力度。干净得像溪水一样的天幕，透明得让人震撼。

母亲和几个老太太依旧坐在垃圾池子边的台阶上，傍晚的余晖落在她们身上，留下几个几何图案。许是年龄相仿，许是心思相近，母亲和这些个并不相识的老太太相处的极好。每天约好似的，准时在这个地方挨排坐下，絮絮叨叨，时间久了，再也不提回家的事儿。

哥说喊妈出来吃顿饭，多久都没见了。

儿子请吃饭是母亲极高兴的事儿，她慌里慌张换鞋，又跑去卫生间梳头发，好像要赶赴一场特别重要的约会。任凭我打趣她，依旧自顾自地梳理着，直梳到她认为最好的模样。

母亲急促的迈步，好像这一步迈过去，就能看到她的儿子和孙子。母亲的爱随着年龄增大而越发单薄，她不能像从前那样从地里挖一筐红薯顺车捎进城里；也不能从菜园子里摘一堆青菜放在车的后备厢里；更不能在鏊子锅里做一个四指厚的锅盔馍馍递进他儿子的手中。

母亲的爱在脑海里来回折腾，她会问，你哥出门去了吗？咋不见喊咱们吃饭？你打个电话问问？我一度怀疑，人老了，是不是就剩下吃饭了。

母亲关注最多的事儿，就是吃饭，我的心有时候很沉，有时候又想乐，能吃总是好的，或许吃饭也是一种幸福，我希望母亲便是如此。

晚饭很丰盛，母亲坐在她儿子身旁，一脸欢喜。偶尔想起一句什么，便急急地说出来。那一刻我想到了幼儿园小朋友们常说的一句话"共享"。是的，母亲把她的快乐分享出来，让我们和她一起，感知世上属于老年人的快乐。

秋风吹，天凉了很多。小区的一家院子里，一棵梨树硕果累累的伸出墙外。每次路过，总是忍不住逗留一下，看着那些果子，感受岁月赋予的温暖。

前些天，我给赵老师留言，待到年底孩子放假了，带着孩子们一起去认亲。他讶然，然后便是长长的沉默，沉默过后，机屏上传来的除了欣喜还是欣喜。

赵老师年逾七十，是邓州市的一位文友，虽然年纪相差巨大，但是不妨碍我们彼此之间的欣赏和尊重。他有意认女的心情一再表露，让我这个失去父爱的孩子，疼了又疼。

有时候我想，也许是九泉之下的父亲感受到女儿的痛苦和无助，才会把另外一位富有爱心的老人送到我身边，让父爱再一次眷顾我，笼罩我。我希望泉下的父亲放心，也愿意让认女心切的赵老师开心。

人世间总有这样那样的情谊，洋溢在心头，亲情尤甚，如水般，使纷纷繁繁，经过过滤变得纯洁；似火般，使平平淡淡通过煅烧，日显棱角；似诗般，使经过修饰，到达一种意境；似歌曲般，经典温暖，荡气回肠。

橘子黄了

"荷尽已无擎雨盖，菊残犹有傲霜枝。一年好景君须记，最是橙黄橘绿时。"看到院中的橘子树，想起了这首诗，淡淡的秋思，潜藏于心。

小小一株橘树上挂了几个果，前些天还青皮釉厚，忽而又见，竟然黄了两三个，忍不住在树旁，观望许久，黄色呵！是秋该有的颜色。

豫西南多橘子，每年秋冬时节，开着拖拉机走村串乡的卖橘人一个接一个。

以前经济紧张，便拿麦子兑换，家家户户不缺橘子。无论去村里谁家玩，拿出的零食都是橘子，印象最深的是各家的窗沿上晒着很多橘皮。那时候不知道橘皮可以入药，倒是过大年的时候，看到母亲把橘皮丢进煮肉的大锅里。

对橘子的认知，源于冰心先生的"小橘灯"。那一盏照明的小橘灯，和那个做小橘灯的女孩，根深蒂固地印在心里。从那以后，更爱橘子了，也曾尝试做一盏灯，可惜没有文章中女孩的心灵手巧，试验多次均以失败告终。

对橘子，打心眼里喜爱，旁人每每提到橘子，总是眯着眼睛说一个"酸"字。我却不以为然，无论是小时候抱着筐子吃，还是如今提着袋子吃，始终没有出现过旁人说的"牙酸""牙倒"现象。

前几年，中央电视台CCTV-4《远方的家·江河万里行》摄制组入驻小城采访。当时，我还在旅游局宣传科工作，在领导的安排下，和摄制组一起翻山越岭，实地采访了几个旅游文化古迹。

在摄制组采访的过程中，意外收获到一个有关橘子的信息。由于南北气候差异，橘子性喜温暖湿润，我国的橘子主要产自长江中下游和长江以南地区。巧的是豫西南刚好在南北分割线上，从南到北，淅川县是橘子的终结点，从这里向北找不到大规模的种植基地了。

又因淅川县气候适中，温差正对橘子脾胃，这里出产的橘子味道甘美，水分大，营养足，是不可多得的优质橘子产地。特别是淅川县仓房镇一带，山高水多，云雾蒸腾，那里的橘子又是所有橘子中最好的。

当地的老百姓不仅吃最好的橘，还用橘子灰腌制鸡蛋。来自北京的记者对橘子灰腌制鸡蛋大感兴趣，实地采访了一位乡村大婶，大婶热情地介绍橘子灰腌制鸡蛋的过程。据大婶讲，用橘子灰腌的鸡蛋味道鲜美，香味独特，尤其是蛋黄凝结的最好，煮熟后，黄澄澄的滴着蛋黄油。

后来节目播出后，看到满山满野的橘子树，浑身热血顿时沸腾起来，一种自豪感油然而生。"若为化得身千亿，散上峰头望故乡。"当时便有这样的心情和意境。

又是一年橘黄时，依旧固执地爱着橘子。我能感觉到，风带来山野的消息，它告诉我，故乡的橘子黄了。我也能听到秋的声音，它说"春种一粒粟，秋收万颗子""长风万里送秋雁，对此可以酣高楼"。

我看橘子，透过黄色的果皮，一瓣一瓣的果实正冒着汩汩酸甜，走入寻常百姓家，时光在这一刻，严丝缝合，快乐与开心，幸福与安逸正式重叠。

又见菊花开

立冬的节奏是短暂的，几天过去，又恢复了深秋时的暖阳高照。入眼见到的依旧是夺目的色彩。道路两旁的白杨树是此时的一景，黄叶或飘浮，或坠地，或卷曲着铺在地面上，随处可见拿着相机的驴友趴在地上拍摄叶子的脉络。

松柏绿着，无论是秋天，抑或是此时的冬，都影响不了它们对绿的执着。一团团云游走在头顶，为我们赏菊增添了雅致和惬意。

菊花多，白的、红的、粉的、绿的、紫的……特别是黄的，满天满地，让人目不暇接。大朵的菊，花瓣娇俏，环肥燕瘦，各有千秋。

各种菊花在园艺工人的手中，变得玲珑精巧，造型不一。第一眼看，美不胜收；细看一眼，赏心悦目；再看一眼，心之荡漾。

伫立于靓丽的菊中环视四周，来往游客带笑容。像秋天里丰收的果实，实实在在。我与他们一样，徜徉菊海，静听世上纯洁的花语，那些花，那些朵，那些美丽的人和事。

尤为难得的是，这届内乡菊展，以野菊花为主，缓慢起伏的土坡上，爬满了菊花藤蔓。我附在那些菊花上，闭眼，轻轻地嗅着。同行的影友按下快门，拍了一张爱花女人的花间照。

捧起密集的小稚菊，心起波涛，这才是菊花呀，我梦里的菊花就是这个样子，铜钱般大小，黄黄的蕊，圆圆的朵。

菊花散落在外婆家的门前，那里的秋，灿的很。菊花太多，没人稀罕。外婆顶着深蓝色的方巾，系着打了补丁的围裙，提着外公编的筐子，摘下那些野菊花，晒在院子里烂了角，破了洞的凉席上。说是冬天煮茶给我们喝。

我实在记不起来到底有没有喝过那些菊花茶，记忆中的外婆太忙了，她永远有做不完的家务，那双裹了一半就被解放的脚，走路有些不太稳当，和门前的小稚菊一样，风吹一下，就趔趔趄趄。我心中的外婆和菊花一样，花黄叶瘦。

我在菊展上游游走走，吻了这朵，又亲那朵，学着外婆的样子，把那些香味统统汲取在心中。

菊展一角的凉亭里，摆了碗筷，一个盛饭的不锈钢桶放在椅子上。几个管理菊展的妇女在吃饭，大碗装着糊汤面，她们吃面的样子，和乡下的乡亲一样，"呼噜呼噜。"尽管我没有吃，也感觉到了饭的香味。

一位年长的老人热情地邀请我们吃饭，像是许久不见的亲人。同行的友胃不好，忍不住舀一勺，吃一口连连赞叹。

倚着菊花，嗅着菊花，我在菊花中看眼前的菊花，想旧时的菊花。

一面墙壁上，龙飞凤舞，墨汁浸着菊香，挥下那首极熟的古诗"待到秋来九月八，我花开后百花杀。冲天香阵透长安，满城尽带黄金甲。"

站在花中看菊开，看菊开中吟古诗，眼前的景同古诗一样，诗也同景。

第二辑　让美好永远驻留在心底

　　放逐的心，在花开的地方找寻痕迹，大地无言，苍穹漠然，沧桑的岁月穿越时空，追寻远去的往事，这片厚重的土地，终究盛下了沸腾的历史，也装载了，几许风花雪月的心，懂也不懂的人们，欢呼热烈。

紫桑葚

街头走，不经意发现桑葚开始卖了，原来不知不觉间，季节已经迈过一大截。春天不仅催开花朵，更催熟了果实，真是最美人间四月天了。

卖桑葚的大妈蹲在街头，竹篮上缝一块蛇皮袋，紫红紫红的桑葚摆在蛇皮袋子上，肥实的桑葚好像小虫子一般爬在篮子上，那篮子便生动许多。

夕阳斜照在桑葚上，紫色中透着亮晶晶的光，隔着光，我仿佛又回到那个桑园。

桑园在寺湾，一个偏远的小镇。那年和小城的摄影家一起专门采桑而去，入目的全是桑林，绿油油的叶子在雨水的清洗下，绿得耀眼。

满世界绿色喜坏了一个个摄影家，似乎揽不尽生命的颜色。紫红且饱满的桑葚躲在桑树的根部，带着肉眼看不见的绒毛，像胖乎乎的小虫子，欢蹦着灵性。摘一枚放嘴里，酸酸的、甜甜的，心里全是酸甜和美好。

他是小镇的书记，说为了小镇的经济发展，特地引进桑蚕品种，别看桑树小，是专门修剪过的，为了桑农更好采桑叶。他还说经过几年发展，小镇的桑蚕基地已经形成规模，为了更好地利用土地，坡地如梯田，一层层栽植桑树，山脚下的平地，则用来种庄稼。生活在这里的人很少外出打工，他们采桑养蚕，收入丰厚。

这里的农户，无论是住在村庄，还是住在小镇，基本都是楼房。更有不少农户建了别墅，琉璃瓦在阳光下熠熠生辉。门楼高筑，看一眼都是幸福和感动。

他专门带我们去看农家养的蚕宝宝，看那些抽丝的蚕茧。每到一个地方，他像导游一般娓娓道来，好像他就是采桑、养蚕的农户。

话里话外，他流露出的都是对那一方土地的热爱，说自从管理小镇后就一直在考虑，怎么样才能提高老百姓的生活，后来根据地理环境和当地百姓提出的建议，觉得大力发展桑蚕，形成产业链，是顶好的项目。

后来便有了这千亩万亩的桑园，有了家家户户的蚕宝宝，有了中原第一桑蚕镇的牌子，牌子响亮，人尽皆知。

我们去的时候，他忙得很，一会儿让人提矿泉水，一会儿让人安排伙食，说摄影家和文友们是为了宣传桑蚕，虽然乡镇没有特别好的菜肴，但是一定会管吃饱。他的话让大家开怀而笑。他也笑，那笑和弥勒佛的笑一般温厚。

那天捧着紫红的桑葚，好似捧着他一颗赤诚的心。

如今看到街头的桑葚，情不自禁就想那个属于小城下属最富裕的小镇。而他却在乡亲们小康之后，悄然退去。许久许久不曾听到他消息，偶尔一个电话打过去，说还在医院呢！

"春蚕到死丝方尽，蜡炬成灰泪始干。"看到桑葚，就想起他一手打造的桑蚕基地，那一片绿色就会出现在眼前，和他一样深深地印在心中，点燃生命中的感动和感恩，让一颗颗心有了温柔的亮色。

一道道山梁一道道弯

沿着山谷，走着走着看见一朵花，走着走着，又看见一朵花，花就这么开进视线，与目光相碰，点燃思绪。

举目望去，四周都是峰峦起伏，长风浩荡，缓缓划过一道道山梁。山上植被葱郁，阳光落在叶子上，带出油亮的光。几株花儿在绿色灌木中，丛丛簇簇的灿烂。

他还和从前一样抿着嘴笑，说要带我看看山沟里的风光。他是好友，几年前下乡驻村扶贫后，便鲜少见面，今天以这样的方式重逢，让春日长出别样的雅趣。

携着清风，沿着山谷蜿蜒逶迤的路面，走向那个藏于大山深处的村庄。一个很小的村支部坐落在山的一边，两层小楼倚山而建，远望，好似镶嵌在大山上的宝石，闪着浅黄色的光芒。近看，新时代气息扑面而来。

他说来到大山后，深入各村各户，一个村多少户，多少人，谁家有劳力，谁家外出务工，谁家老人有病，谁家女人勤劳……都摸得清清楚楚。

山中住户散落，要把一个村子走一遍，沿着山谷起码要走十来公里，刚开始进山的时候，路是土路，出来进去一身尘，下雨更糟糕，一脚下去，拔出来都困难。

沿着那些路，他走了一村又一村，急白了头发，熬红了眼睛，为了让乡亲们尽快脱贫致富，想尽一切方法，修了路，打了井，让山乡的父老走路不再泥泞，喝上清凉的甘泉。

驻村三年，他变了很多，曾经爱笑的脸上尽管还带着笑，但明显多了重量。话里话外，谈到的全是这一方百姓，多少户脱贫，多少户正在努力致富，多少户还得再努力一把……

他缓缓说，我慢慢听，声音入耳，像山涧飞来的雨，带着湿漉漉的甘甜，像草丛盛开的花，香气袭人。

一位山乡老奶奶端着一碗鸡蛋，笑呵呵走来，看着我们，说鸡蛋是自己养的鸡下的，是真正的土鸡蛋。

他慌忙站起来，连声说谢谢，一再推辞，让老奶奶端回去自己吃，说老人家年纪大了，要注意营养，地里的活能少干就少干，身体好，啥都好。

老奶奶咧着嘴笑，拍拍身上的尘土，说身体好着呢，你们从城里来到俺们乡下，为俺们操心，几个鸡蛋是俺的心意，要是没青菜吃了言语一声。

他跟着老奶奶走进厨房，看着老奶奶把鸡蛋一个一个拿出来，又跟着出来，送老奶奶到路口，直到老奶奶的背影越来越远，才再次坐下来。

还没说两句话，又一位老大爷走过来，手里拿一把刚摘的香椿芽，不容他说什么，直接放到厨房里的案板上。一会儿，来了好几个老乡，他们放下一把黄黄苗，留下一把苦菊，菠菜、蒜苗，厨房里堆了一个山乡的菜园子。

他嗓音低沉道："看到了吗，这就是山里的乡亲。"

闻着带着香气的香椿芽，看着一地山野蔬菜，我想，他几年的辛苦付出没有白费，山里人用最朴素的青菜，报答给予他们帮扶的扶贫组，这样的情感带着生命的绿色。

那天，他把从城里带回去的两袋大米，分一袋给路过的一位智障老人，连比划带说，那老人总算听懂，傻笑着点头，抱着米袋子离去。

他说每每看到山乡的父老，心里总是沉甸甸的，后续要做的工作还有很多，等全村的人全部脱贫致富，就可以回城了。

我想对他说什么，却始终没有说出来。他依旧笑，说樱桃红了的时候，你一定要来尝尝山里的樱桃。

离开的时候，夕阳正好透过大山的缝隙映射进来，把大山蒙上一层红彤彤的色彩，各种叶子也染上了红，耀得眼睛都睁不开。拐过一道道山梁，再拐过一道弯，我看到他在山道上，站成了一道风景。

渡出红尘大方向

佛曰："愿十年渡，百年枕，千年缘。"

马蹬镇环库绿化示范基地，依据地名取"白渡"的名字。我似乎感受到佛家的禅了，一个"渡"字，生出大智慧，不仅渡你、渡他、渡我，渡所有生活在红尘的人们。

俗话说"前人栽树，后人乘凉"，这渡出来的绿色，功在当代，利在千秋。

沿着丹江河岸，全线长 25 千米，已经完成绿化 2.5 万亩，扶持贫困村 2 个，贫困户 165 户 423 人。从这个数据里，我似乎读懂了这个"渡"字。

据林业工作人员介绍，为了将"白渡"工程打造成造林与水质保护、精准扶贫、旅游开发、产业发展、石漠化治理相结合的环库生态经济景观带，根据沿线各村地理位置、立地条件和产业扶贫规划不同，在沿线两侧的荒山上栽植了樱花、海棠、碧桃、红叶李、竹子等组团式景观林，在立地条件较好的耕地和荒坡上种植软籽石榴、核桃、樱桃等经济林采摘。

我们沿着生态线，一路翻山越岭，车轮带起滚滚尘土，飞起又落下，摆渡到山的顶端。车停下，四周望去，一座又一座山吐着绿、泛着青，红花妖冶、白花纯洁、紫花雍容、粉花素雅……花香随风吹来，身心都在洋溢中涤荡。

"迟日江山丽，春风花草香。泥融飞燕子，沙暖睡鸳鸯……"树木、花草，绿的绿，彩的彩，满山满山，让一双眼睛都不够使唤了。

丹江河平静地躺在山脚下，把淡淡的润湿播散到空气中，再通过蒸腾，洒到花木上。于是，我看到了如画的风景在眼前铺开，林木、花卉、果树努力汲取养分，发芽开花，把一身芬芳播散给生活在山区的人们。

农人把一串一串的葛花捋进篮子，用镰刀挖起一棵棵顶着黄花的蒲公英，带着花的茎，留下长长的根，最后移进城市，餐桌上便长出山里淳朴的味道。

山的另外一边，一拉溜小车停在路边，一个个游客惊呼着跳进海棠花间，踩着绿茵茵的青草，捧起粉色的海棠花，明眸闪亮，陶醉其中。大片海棠花拥抱着前来踏青的人，男女老少在花间拍照，清爽的笑声让山乡变得格外热闹。

在山涧的档子田里，油菜花扑棱着黄，带着盈盈的笑，麦苗绿得醉人，仿若把一个整天托在手心。树木花丛间露出一栋栋的二层楼房。山乡的父老活得悠然，捧着一身力气，快乐前行。在国家扶贫政策下，在林业部门的扶持下安居乐业。他们抓住时代的列车，握紧生命的色彩，合着满山的春色，唱一曲动人的时代赞歌。

"芳原绿野恣行事，春入遥山碧四围……"山顶上一兜一兜的蜀葵正卖力地长着，大片肥厚的叶子在风的催促下，疯了般拔节。山道旁桐花灿灿，红玉兰、白玉兰，像出尘的仙子，含羞露娇颜。几只小鸟倚在枝头，似是看花开，又似听风来。

丹江河面上渔舟摇曳，搭建了舱的渔舟恰如一个个流动的小家。渔民摇着桨，撒网捕鱼，渡一个个过河的客人。那些客人从山外来，他们拿着手机，杠着相机，"咔嚓、咔嚓"，一张又一张把山乡优美的风景定格。

　　我在"白渡"读"摆渡"。读花、读树、读河、也读人。不管是流动的水，还是不动的山，不论是开花的树，还是低矮的草，因了一些人的"渡"，长出明媚的光，结出厚重的果。

金银花，金银花

　　故乡花多，要属金银花最多，多得眼花缭乱，多得一望无际，多得目不暇接。那些金银花，绿色的藤，像毯子一般铺在广阔的土地上。乳白色的花，带着尖尖细细的花瓣，稠密地撑在藤蔓上，远观近望，气势浩大。

　　那年故乡整体迁移，丹江两岸曾经长满庄稼的土地，一下子空起来，所有灵性的物种，眨眼间不见了，只剩下萋萋荒草，填充废墟瓦砾，那片土地揪疼了许许多多的丹江人。

　　没过多久，没有搬迁的乡民开始在土地上忙碌，似乎在一瞬间，揪心的空地上长满了绿莹莹的植物。它们喝丹江丰盈的甘露，取丹江厚重的土壤，长出纤细的藤蔓，开出乳白的花儿，入目的是花，入鼻的是香……

　　去年，和小城的摄影朋友一起去采风，专门去看金银花。往常看到的都是零碎的地块，猛下看到大片的示范基地，有一瞬的恍惚，从来没有想到，这片我们曾经居住的地方，能以如此美丽的样子出现。

一眼看不到地头的金银花，拨乱内心，每个人都激动得不能自已。我小心翼翼地拨开齐腰深的藤蔓，迈向金银花深处。无论我怎么走，前后、左右环绕的都是绿色，耀眼的绿，生命的绿。那一刻我有想哭的冲动，也有想放声大笑的欣喜。

摄影的朋友支起三脚架，安放好相机，大广角咔嚓一下，大片的金银花便被装进视线中，那是震撼心灵的视觉。

喜欢微距的朋友，跪在地上，不停地调转光圈，只差把相机放在花朵儿上边了。更有一些喜欢暗色调的朋友，把花儿带进背景之中。于是便会看到，黑色的幕布，白色的花儿，像蝶儿一般凌舞，翩翩舞动。

千亩万亩的金银花在微风中荡漾着，随风飘来的花香，沁人心扉，让人心醉。大片的金银花中，散落着附近的村民，她们挎着篮子，或拎着袋子，弯着腰采花。曾经种庄稼的大手，把一朵朵精致的花朵摘下，粗糙的手轻轻握着花儿，丢进筐子。

金银花，使故乡变得活泼起来。村民不再远赴他乡务工了，春夏两季他们忙着采摘金银花。老奶奶、妇女们头顶毛巾，笑眯眯地站在花朵旁，对着迎来送往的摄影人，露出甜美的笑，在花丛中当起了模特。

男人们则推着打药的器材，沿着地里的沟壑来来回回给藤蔓打药驱虫。有的拧开洒水管，看着飞舞在头顶的水汽，像手撒的花一般落在金银花藤蔓上，花朵上、叶子上，晶莹的水珠来回滚落，最后滴入肥沃的土地，温润大片的金银花。

药厂的工作人员在地头盖了厂房，专门回收金银花。药厂很大，原本制作中药的厂子，因金银花，研制出新的产品。金银花茶，是故乡独有的饮料。

金银花丛中一个女孩低头采花，她用左手掐花，利利索索，好像演练了千万遍。她的篮子放在地上，时不时用摘花的左手提起，朝前边放一下。粉红色的裙子，在绿莹莹的藤蔓中像一朵盛开的月季。

等她提着满满一篮子花儿去地头称重的时候，大家才发现她竟然只有一只左手，右手空空如也。每个人都惊诧，又不知道该说什么。她抿嘴一笑，用左手擦汗，红扑扑的脸上，镶嵌宝石般的眼睛，清澈得和丹江水一样。

大家坐一起闲聊，她说儿时不懂事，右手不小心碰到了电线……少了一只胳膊和别人就有大区别。虽然也进了学校，可是面对旁人的眼光，终究觉得低人一等。初中没有毕业辍学了，看着同龄的女孩去打工，打扮得花枝招展，她躲在屋里暗暗抹泪。

还好，如今有了这大片的金银花，她不需要远走，在家门口也能赚钱。

为了能和别人那样多摘花儿，天亮她就来到地里，傍晚看不见花了才回家。如此一天，能摘十来斤，算下来好几十块了。她一脸满足，说挣到的钱都给爹妈，供弟弟读书。

她说裙子是母亲在城里的超市里买的，她很喜欢，一直舍不得穿。昨天晚上回家的时候，听厂子里收金银花的工作人员说今天县城要来很多拍照的摄影家，她特地把裙子穿上，想要摄影老师们把自己最美的样子拍出来。说完这些，她低着头一只左手捏着裙子，不知道该往哪里放了。

同行的摄影朋友呼啦全都站起来，开影楼的影友特地为女孩选一处背景，让她侧身靠在墙壁上，刚好把残缺的右臂遮住，身后是大片的金银花，女孩把左手放在额头，眼睛看向暮色中的夕阳……

看着金银花般纯洁的女孩，一位年纪比较大的影友，说天生我才必有用，上帝为你关上一扇门，必定会为你打开一扇窗。这个世界是公平的，只要积极向上，没有什么能难倒你的！那天拍出来的照片很美，有朋友特地洗出来送给她，她笑得如金银花般灿烂。

如今，每每路过故乡，看到那些金银花，脑海里就会想起那个女孩。萧条的冬天即将过去，春天又快来临了。我想金银花盛开的时候，她一定会早早地去金银花地里，成为一道最美的风景。

让村庄更美丽

　　小学校在池塘后边，一栋二层小楼房，贴白瓷砖，在阳光的照射下，发出白光。一个绿漆大铁门只有放学的时候才会打开。五星红旗正好在院子正中间，无论是出还是进，都能亲密接触。孩子们站在二楼上，刚好能看到那个池塘。

　　池塘是把原有的一个小池塘挖大后变成的，在村子最前边，挨着村前的路，路的另外一边是山，从下边往山的上边看，像直立的一般。

　　池塘是新农村社区设计图的一部分，有山有水的山村经过简单的设计后便有了雅趣。原本就是一个池塘，现在用粗壮的木头搭建一个木桥，池塘中间留下一个小岛，人们可通过木桥到小岛上休憩，四周是清幽幽的水，身居其中，别有意境。

　　池塘周围栽满野花野草，那些是村民在河边挖的，这样的目的是为了让池塘看起来更自然些。大量的鱼腥草、茅草、芦苇被栽植在池塘周围。如果不是覆盖在它们身上的新土，定然看不出那些植物是移栽过来的。为了让村民们有更加优美的居住环境，县里领导特地从北京请来环保专家讲座。

讲座分两场，头一天晚上在村部给村民讲，参会的中老年人，听一晚上，笑一晚上，整个讲座欢快无比。

第二场讲座在小学校院内，三个垃圾桶上分别注明 TOXIC（有害垃圾）、DRY（干垃圾）、WET（湿垃圾）。外国来的环保专家中文说得很好，一大群穿着朴素的娃娃坐得端端正正，认认真真听讲，不用老师维持秩序，校园内鸦雀无声。

专家讲完后，特地进行一个实验，让孩子们举手实地操作，把垃圾分类。孩子们做得很仔细，得到水果奖励。专家问孩子们："能做到垃圾分类吗？"

孩子们异口同声地回答："能！"

专家又问："这么做是为什么？"

一院子的孩子，提前没有经过任何彩排，一齐大声说："为了让村庄更美丽！"

时隔半月后，再次走进那个村子。令我眼前一亮的是，村子里明显干净了许多，尽管在一些沟渠还能看到一些垃圾，但是在村子平整的地方一点脏污也没有。

刚走到池塘边，便看到一队小学生放学走出校园。那些孩子一边唱歌一边走路，还时不时地扭头看看周围，发现有白色的纸袋立刻出队捡起来，放进摆放在村子路边的垃圾箱后继续唱着歌走路。

这个村子不久后获得了县里"新农村社区示范村"。

据说，那次讲座后村民们不以为然，还是我行我素，随地乱倒垃圾。制止他们的不是村干部，也不是队干部，而是他们家的小孩子。

当他们看到丢在路边的垃圾被孩子们用小手一次次捡起来，深深地触动他们，于是便开始约束自己的行为，逐渐养成良好的卫生习惯。

三年后，这个村的乡村旅游得到大发展，樱桃、杏、桃子、黄梨，多种果树成了乡村一景，开花时举办赏花节，挂果时举办品尝节，游客如织，人流如潮。农家乐生意极好，收入提高了许多。

那个大池塘是全村人最喜爱的景点，长在岸边的花草郁郁葱葱，绿的绿，红的红，让一个平凡的池塘充满诗情画意。池塘后边的教学楼更加明亮了，五星红旗换了崭新的，黄星星在耀眼的红布上格外醒目。

孩子们站在教学楼上，看碧波荡漾的池塘，在阳光的照拂下，闪烁一片粼粼的光芒。他们欢笑的脸儿与池塘边上的花朵一样怒放，散发清甜的香……

每一寸光阴都是眷恋的时光

岁月不紧不慢前进一步，农历二月了，日子以暖为主，光景以美为题，所有的花事都已经开始谱写。

这样的日子要去乡下，乡下花事最多。菜花、杏花、桃花、梨花、各种山野的花，惊天动地的开，季节快要沸腾了。

豫西南的二月是温暖的，风像剪刀一般，剪破虚空壁垒，硬生生把一份欢喜带给红尘的人们。

一个又一个拿着袋子摘柳叶尖尖的妇人，踮起脚，勾起一条纤弱的柳枝，那浅浅的绿，嫩得不像话的柳叶便顺着指缝落入袋子。

"碧玉妆成一树高，万条垂下绿丝绦。"碧玉，丝条，经典的、优美的词汇，犹如清露入喉，让人甘之如饴。万木皆入药，这些淡淡的绿，是大自然赐予人类的第一波礼物。据说常饮柳叶有清热、利尿、透疹、解毒之效。多好啊，既不用服药，又不用花钱，只需要出来走走，和柳树接触接触就有了。

路过一家工厂，我听到了机器的轰鸣，透过门窗看到工人热火朝天的忙。他们脸上有笑，那笑和杏花一般，明媚的很。恰恰好，一闪而过的时候，看到门口的招工启事，一行极其醒目的大字，本厂"招兵买马"。

我被这四个字惊住了，强烈的震撼！招兵买马，这实在是一个强大得不得了的成语。定是要大展宏图了。是的，没有强大的兵马，怎么能远征呢！

我想，这家工厂的老板可能是一位儒商，只有拥有厚重的文化底蕴，才能把工人誉为兵马；或许他熟读古时兵法，善于运用，恰好用至此。让我这个过路的人生出无限感慨。走了好远，我一直频频回望，似乎看到一位睿智的商人，正运筹帷幄，于春日的暖阳里，花香中，挑灯亮剑，指点属于自己的江山。

暖风吹来，深绿的麦苗一波一波随风蹁跹，菜花不要命地黄，蜜蜂的嗡嗡声，像音乐一样飘进耳朵。我看到许多爱花的人，站在黄花丛中自拍。转过一个又一个路过，闪过一个又一个村庄。

一幢幢拔地而起的小楼房，在黄灿灿的菜花陪衬下，居然显得清秀起来，眉眼生动。偶尔一株桃从院子里冒出来，花开得正好，浅浅淡淡的粉红，一团团，一簇簇，像染了胭脂的云。

三三两两的农人，站在村口，指间一根烟，慢慢悠悠地吸着，一眼不眨地望着那些菜花和麦苗。眼神自然，似乎万物不漾于心，他们的气场与庄稼正好一致，油菜和麦苗对他们而言，是油亮亮的菜籽和黄灿灿的麦子。

于我而言，这绿，这黄，如此的铺天盖地，是何等的美妙，何等的荡漾，这奢侈的春天，硬是醉了一地的光阴。

踩着春风，闻着花香回到村庄，村子里的人少了很多。故乡的人已经习惯了在朴素的生活中追求遥远的梦想，即便昨日天寒地冻，今日春暖花开。

二叔扛着锄头走过家门，他说月季快开了，今年月季价钱好，三四寸的一棵可以卖几百块，他种植的一棵树多种花色的价钱更高。粗略地算了下二叔种的月季，就是几十万元。这样的数字，着实让人欣慰。

二叔笑得舒爽，他的月季花种植得最好，春天锄草，夏天浇水，秋天施肥，冬天又生怕冻坏了，特地给树木穿了衣裳。一大片月季在二叔的辛勤培育下，长势极好。眼看着出售在望，我分明读了到二叔眼中的笑，开在春来。

母亲急不可待下车，一刻都没有停留，直奔她的菜地。屋后那块十几平方的地方，竟然也长出几朵菜花。蒜苗分明又高几寸，几棵芹菜开始抽莛了，香菜拥挤得很，拔掉一些，方觉宽松。

我在光阴里，触碰这些开花的植物、长叶的生命。它们和我一样，感受阳光的温暖，汲取湿润的空气。头顶的电线杆子上，一拉溜麻雀一会儿蹲在上边，一会儿又飞入高空，黑黑点点的小动物，像是零落在乡村的精灵，扑棱出一段又一段美好的赞歌。

树挪死，人挪活

六叔咧着嘴巴哈哈大笑，笑过之后说，搬迁好呀，这日子过得我心里舒畅，你看看，你俩弟弟都结婚了，哎呀，搬迁好呀，真是好呀！

看着六叔因欢喜而笑得走形的脸，我心里涌出一股暖流，楼上楼下参观堂弟的婚房，眼睛莫名濡湿。想起来在丹江河畔的日子，那时候虽然我们土地很多，但是庄稼年年遭水淹，播下种子的土地能收成一半便是极好的年成了。

六叔家有两个儿子，两间瓦房还是他结婚的时候二爷二奶给建的。住房紧张是小事，最让人揪心的是大堂弟在广东打工时忽然口鼻流血，紧急抢救了半夜，最终还是被医生判了死刑……

最终，大堂弟捡回来一条命，六叔却倾家荡产了。十几万的医疗费把积攒一辈子的家底掏空，还欠了外债。六叔眉头紧皱，他一边在郑州打工，一边给堂弟治病。刚好那阵要搬迁，六叔心里火气极大，在丹江岸边这么多土地，日子都过得紧紧巴巴，据说搬迁后每个人只能分得一亩四分地，日子可咋过。六叔就不愿意搬迁，他闹过一阵，可还是挨不过政策。

搬迁之后的六叔，在附近建筑队干零工，同时承包了村里的一些土地，经过最初一两年的不适应外，逐渐变好了。最近两三年，六叔的光景如朝天的辣椒，过得红红火火。大堂弟的病彻底好了，并且在媒人的撮合下娶了一位朴实的姑娘。六叔在农闲时节学做生意，帮别人安装广告牌子，这两年做得好，赚了不少，前年买了一辆车，去年又给小堂弟盖了一栋二层小楼。小堂弟谈了女朋友，六叔在这个春节为他隆重的办了婚礼。

吃着六叔办的流水席，喝着堂弟成亲的喜酒，听着六叔欢快的笑声，我心里就像喝了蜜似的。感谢国家的妥善安排，给予新时代移民的极大补助，不仅建了楼房，修了公路，还尽最大努力让村民就近工作，解决剩余劳力，土地得到了合理运用，大家的日子就像芝麻开花，一节一节升高。

堂嫂说早知道搬迁这么好，咋不早点搬迁呢！我蹲在堂嫂身边，看她麻利地薅芹菜，蔬菜大棚里的芹菜长势旺盛，差不多到膝盖那么深，滴翠的颜色，绿了我的眼睛。

堂嫂一边薅芹菜一边说现在会做生意了，每天有零钱收入。她骑着三轮车载着芹菜赶集，芹菜是自己家种的，新鲜得很。路好，街近，赶集就像夏天喝凉水，爽着呢！

说着说着，又说到老家。老家泥土路，下场雨后，出来进去一脚黄泥巴，赶集要走十里地，即便坐在拖拉机上，也是颠得浑身疼。看看现在，穿高跟皮鞋都习惯了。

堂嫂说完后开怀大笑。我盯着堂嫂紫糖色的脸色，尽管皮肤不是很好，但是有了喜悦滋润，竟然非常好看。

树挪死，人挪活。几年前那场大规模的搬迁，适应后却是这般美好，我由衷地为父老乡亲高兴，看着堂嫂挤着眼睛笑，欢喜得让我眼馋。离开芹菜地的时候，堂嫂非要抱一捆给我，说国家对移民好，免费给搭大棚，种菜有技术指导，日子过得很舒服，再干一两年，多挣点钱，也学学城里人，出去旅旅游。

离开大棚老远了，还听到堂嫂喊，大棚下季种甜瓜，你一定要回来吃啊！我挥着手，远远地回应着。

那天村组干部到家里，拿出三百块钱给母亲，我不懂，问这是做什么？队长是本家侄儿，他露出朴素的笑，说这是队里的一点心意，奶奶年纪大了，买点补品，快快乐乐过个大年！

我的心再次恸动，钱虽不多，却温暖的很。送他离去时，正好发现一行五六人在村支书的带领下，去旁边的孤寡老人三奶奶家里，大米、白面、食用油、抚慰金，甚至连对联都买得妥妥当当。老人寂寥的屋子里，因了这些物品，犹如生了炭，火热起来。三奶奶拄着拐杖送一行人到门口，直到他们的身影消失在巷道里，她才抹着眼睛进屋。

在家过年的几天，每天都有好消息飘进耳朵。眼睛看到的地方，喜庆、热闹、欢喜，尽管乡愁会在年后务工人员离开时滋生，但是，人生不就是这样吗，有离开，就会有回来，来来去去的人生，去去回回的征途。

走在田野里，油菜窜出老高，骨朵顶在茎上随风摇曳。只需几天，菜花就要开了。不用多想，那灿烂的金色一定会亮闪爱花人的眼睛。我在故乡的土地上一寸寸丈量，把一份份欢喜装进怀抱，在满眼的绿色中，生出明天的灿烂。

散落一地温柔

　　他们两个走在斑马线上，小碎步，移动着。几米的距离，他们走了三十秒还没有到达。

　　身边的那个人问他："到了吗？"

　　他低头看她，小声说："快了。"

　　她挽着他的胳膊，身子比他矮一大截。他必须要侧弯着腰才能把右胳膊低垂些，让她能用力挽着。他歪着头，听她嘴里絮絮叨叨，含糊不清说些什么。

　　她年迈矮小，沧桑得如同冬日的落叶，斑驳枯败，眼睛浑浊，努力睁开，也仅仅是一条缝儿。她拄着拐杖，两只脚看似挨着地，却是挪着走，半拉身体靠在他身上。

　　他穿一身交警制服，外边套一件黄色的衣服，那是交警独有的服饰。头戴大檐警帽，警徽在阳光下生辉。他抿着嘴，带一丝笑意，青春洋溢，有一种骨感的俊隐在其中。

　　这个午后，我在斑马线一边看着一老一少。他的胳膊挽着她的胳膊，搀着慢慢走。阳光散落在他们身上，刻画成章，落地成画。影子一再拉长，他黄灿灿的衣服就像一朵花，开在街头，在我心里铺开……

这种花儿，漫山遍野，沟沟坎坎，有土的地方都能看见它。三瓣叶子低矮的长在陆地上，密密匝匝的草儿，分不清东南西北，晕头晕脑挨在一起。挤着长，扎堆长，没有规则，毫无韵律。春风吹，呼啦啦、呼啦啦地露出地面，稍微长高一点，被乡村的人用镰刀割了，一背篓一背篓背回家，倒进牛漕，成了供养牲口的食粮。

"野火烧不尽，春风吹又生。"搁在它身上是最恰如其分的。它的花零散、细碎，粉末般，黄色的，有小指甲那么大，毫无顾忌地撒满山坡和沟坎。

它有个大俗大雅的名字，叫"苜蓿"。

这花长得没有任何新意，不招人待见，除了喂牲口外，对乡村的人来说再没有用处了。

于是，它被丢弃在山涧、田埂、地头，旮旮旯旯随意长。割一茬，发一茬，一朵朵花，黄灿灿一层，地毯般把乡村的角角落落点缀。

我觉得街头的交警，就和乡下的苜蓿花一样。他们散落在各个路口，有人的地方，他们就存在，无论严寒，不分酷暑，春夏秋冬，三百六十五天，随时随都能看见他们的身影。

他们不吭不响，或站立，或摆手，或搀扶老人，或怀抱幼童，或手指远方，不厌其烦地为问路的指引方向，为需要帮助的老人小孩默默地服务着。

酷暑、严寒、风雨、雷电、雪霜之下，他们日复一日重复一个动作，不图名不图利，不因个别不遵守交通规则的司机的谩骂而妥协，为了千家万户的幸福，不忘初心，始终坚守。

他们在街头站立的那一刻，便把为民服务的使命牢记心间。他们坚守着平凡的岗位。他们是开满街头的苜蓿花，用关爱的目光抚摸走过的每一个过客。

映日荷花别样红

应邀参与县内新农村建设，跟踪几篇乡村小故事，山里的风景便深深印在心里。那个村子坐落在山区，几户人家疏散地卧在山的附近。

进村的小路拐了一个弯后，再拐一个弯，便看到村支部，一拉溜几间二层楼房。因为这个村子是县里新农村旅游的示范村。所以现代的楼房，特地建了仿古的屋檐，盖了坡屋顶，上了灰色的瓦片，墙壁也刷成灰色，那楼房就平添了古建筑的味道。

村支部前边场地广阔，大概五十米的距离，一连三个新挖的大池塘。目测，至少也有几十亩地。三个池塘紧靠在一起，池塘与池塘之间的堤坝还留着推土机的齿轮印。

池塘里零散地漂着荷叶，茎长的顶着扇形的叶子，偶有几株没有展开的叶子，卷在一起，在荷茎的支撑下亭亭立，荷茎上细小的骨刺也看得清清楚楚。挨着池塘水面的叶子上，滴溜溜滚几点水珠，在春日暖阳的照射下，晶晶的明亮着。

几朵红莲在荷塘中央打着苞，翘着纤细的骨朵尖尖，那一丁点红，顿时让我想到大汉王朝里边的女子，樱桃小唇的一抹点红。有几朵已经完全展开，花朵层峦铺开，黄的蕊，絮絮在花朵中央，隐隐露出绿绿的莲子。花瓣分开，一瓣挨着一瓣，粉红的底层逐渐加深，到花瓣顶尖，便成了色泽深一点的玫红。

一同去的摄影师像陀螺一样，在堤坝上忙碌，他们支起三脚架，把镜头推向池塘中央，那花便走进视线，在扩大无数倍的镜头里蹁跹。

荷花，从古到今，就是文人墨客吟唱的对象，出淤泥不染的素净，是雅致的美。电视剧中，荷花是塑造身体的极佳素材，就像三太子"哪吒"，他死后重生便是莲花身。电视剧《三生三世十里桃花》温养太子夜华的那朵金莲，看一眼便再也不能忘记。

中学的时候，课本说："江南可采莲，莲叶何田田。鱼戏莲叶间。鱼戏莲叶东，鱼戏莲叶西，鱼戏莲叶南，鱼戏莲叶北。"美好的情景，自那时便在脑海里回旋，幻想一场采莲的盛况。荷花于我，如同一首精致的诗，读一遍还想再读一遍。

五十多岁的村支书，脸上带着山里人的沧桑。他一路陪同，说为了规划新农村示范村，特地去江南，看人家是怎么旅游兴村的。后来根据村子特点，土地剩余没有劳力耕种，再加上优势，山高，水清，泉干净，离县城也近，和几个村委班子商量后，去南方买了红莲，年内栽在池塘里。

他说为挖这几个大池塘，没少受阻力。老人们种惯了庄稼，听说要弄几池子无用的"莲花"后，疯了似的和他吵。辈分高的前辈，更是指着他的鼻子骂，骂他拿着农民的土地糟践，当官不为民做主，不如回去卖红薯。

还有一些人，以为他挖池塘是为套国家新农村补贴，直接跑到县里上访了。这事儿闹腾好一阵，一个冬天都过得窝屈。还好，最终得到镇上领导的支持，几个荷塘如愿栽上了红莲。年底就能挖出来卖钱，到时候分给大家伙，蚊子再少也是肉，多少都是补贴。

现在，荷塘正按照预期的前景发展，开春，荷叶发新芽了，初夏，荷塘开红莲。

头一年，虽然荷叶没有碧连天，但是依然吸引不少城里人。山村热闹许多，瓜瓜果果卖了不少，几家农家饭庄，大柴锅做的农家菜留下不少客人。老支书说这些的时候，脸上有笑，褶褶皱皱像卷起的荷叶。

我沿着荷塘移动，看花也拍花。荷塘一边挨着大山，山脚下有几棵大树，蒲扇般的树冠遮天蔽日，把荷塘的一小部分覆盖在阴凉内。我们在树下小憩，闻着荷花的清香，极尽惬意。

那古树，我伸开双手也没有全部抱下，老得和山一样，厚重的很。几丛山竹，像是故意零落在树下。"绿竹含新粉，红莲落故衣。"这首诗，应了当前的景致。大家且拍且吟，尽显诗情画意。

同行的女友，普通话说得好，在我们的请求下，即兴在荷塘边，诵读了周敦颐的《爱莲说》"……予独爱莲之出淤泥而不染，濯清涟而不妖，中通外直，不蔓不枝，香远益清，亭亭净植，可远观而不可亵玩焉……"

温情，催开一树明亮的花

那年，因一些乱七八糟的烦心事，一个人倔强地背起行囊，南下广东打工。那座正在开发的城镇一片沸腾，可惜认识的熟人没有给予帮助。于是许多时间是在南方那些纵横交错的马路上转悠，悲伤得不能自已。

住在一个很小很小的快餐店，一间门面房用木板隔开，后边是厨房，前边是餐厅。为了利用空间，厨房那一部分的两边支起钢管，又搭一层小木楼，角落的地方一个小梯子可以上去。开餐馆的大爷看我可怜，收留了我，白天我帮忙洗碗洗菜，晚上睡在厨房上边的木棚上。

八月的广东热得要命，小餐馆没有空调，两台摇头扇也是放在前半部分的餐厅。房子太小，没有卫生间，为了能洗一次澡，不得不趁着附近工厂的工人上班后，偷偷进入男厕所。女厕所在工厂里边，不让外人进。

有一次，低着头提着水桶走到厕所门口，一下子撞在从厕所里出来的一个男孩身上。吓得紧忙后退，大张着嘴巴抽搐，说不出一句话，脸红得像一块红布，能滴出血来。为躲避尴尬，我扭头就朝小餐馆跑。

顺风捎来那个男孩的嘲笑："不识字呀，认不得这是男厕所。"

那个下午噙着眼泪，从包里拿一本从家里带过去的书，慢慢悠悠晃过工厂，晃过一条沟渠，晃过几家闪着白光的农家楼房，来到一大片歪脖子树林。

那片树林长得甚是奇怪，许是树木在很小的时候修剪了，每棵树只有一条枝丫，树的主干很低，最多一米，唯一的那根树枝还是歪着的，歪在一边。于是就有了异样的树林，大片的歪脖子树林，一溜脖子歪在右边，一溜脖子歪在左边，有秩序地歪着。

我捧着书，却看不进去一个字，抹着眼泪坐在一棵歪脖子树上。

晃动两条腿，任长风缓缓流淌，斜阳如水一般落在身上，映照一层红光，身旁有稻田，有潺潺流动的河水，有鸟虫鸣叫，大自然空旷凌然，草木恣意生长，揪着的心忽然就放下来。

后来在小餐馆爷爷儿子的帮助下，终于找到一份工作。提着行李要走的时候，眼泪却是忍不住落下来。在小餐馆的"二层楼"上蒸了十来天，把我的心也蒸热乎了，说不出的感谢化作两行清泪。爷爷打着哈哈，说有空来玩，有空来玩啊，都舍不得你这孩子了。

扭头看不远处的那片树林，陪伴我好些天的歪脖子树，在风的吹拂下，树叶子呼啦啦、呼啦啦响一阵，待一会儿，风又吹，叶子再次呼啦啦、呼啦啦。那些风越过整片树林，最后落在我身上，清爽无比。

成家后生活更加窘迫，不得不把孩子放下，远赴江南求生活。初到江南人生地不熟，找工作两眼一抹黑，糊里糊涂走了许多弯路。最初的工作在一个镇上，为节约成本，租了郊区的农家房。房东是一对老夫妻，大叔性格爽朗，经常和我们谈论他年轻时候走南闯北的情景，还说他曾经到过河南，河南人很豪爽，给他面条和馒头吃。

工作不称心，大叔便托关系，帮我们找工作，尽管也是体力活，但是有了熟人关照，总算好许多。

大妈有点胖，常常在院子里晒太阳，门口有几洼菜地，长满芋头、空心菜、辣椒、豆角、紫茄子……我们的门前便经常放了新鲜的蔬菜。尽管那些蔬菜是长相不好看的，但是因了那些蔬菜，让我们窘迫的日子和低沉的心都落进了阳光。

　　后来，熟悉了南方的生活，便重新找了适合自己的工作。离开大叔大妈出租屋的时候，大妈正在包粽子，她慌里慌张，抹着额头的汗，装了好几个刚刚煮好的粽子，塞进我手里，还不停地说："给他们尝尝我包的粽子，有肉馅、红枣馅，还有板栗馅的……"

　　那些年转换很多地方，遇到很多人，尽管后来各奔东西，但是在生命的光影中，永远留下了那些难忘的举手之恩。

　　在一家配件厂遇到一对湖北的年轻夫妻。男的主管，女的在办公室，看我们初来乍到，便把他们的锅碗瓢盆统统送给我们。说河南湖北多近啊，咱们是半个老乡。

　　江西的一位同租户，送给我们一个很小的煤油炉。我只要轻轻划起一根火柴，便能燃亮蓝莹莹的火苗，那火苗就像冬日的暖阳，暖透我一度冰凉的心。

　　如今，每每想起那些伸出援手帮助过我的人，心里就会涌动着一股股暖流……

　　那段打工经历，也让我变得更加坚强，懂得了很多人生道理。

　　人生在世，不可能一路平坦，总要经历这样那样的坎坷，总会遇到心灰意冷的冬季。更多时候，我们要学会在萧瑟的冬季寻找些许温暖，记住那些温暖，体会那些温暖。只有这样，才能度过寒冷的冬天，等到春暖花开，听到风吹树林的流淌声，沧桑的心定会开出一树明亮的花。

眼中有笑，心中有暖

春日，特地出去走一走，赏了梅，看了树，问候了春天，也去寻找了乡情。生活似乎就这么开阔起来。气温升高，日子也变得暖和的不得了。

寺院前边的河水破开冰的封锁，依旧潺潺流动，小蛇一样滑溜，逶迤着流向远方，远方是人人向往的地方，小河也不落俗套，它固执地去了。

寺院半山的蔷薇还没有盛开，一株白色的叫不出名字的花，却亮闪了我的眼睛。竹子绿得不像话，通迢迢直插天宇。这倒是应了"清晨入古寺，初日照高林。曲径通幽处，禅房花木深。山光悦鸟性，潭影空人心。万籁此都寂，但余钟磬音。"之幽美意境。

少了初一、十五的香客，寺院很平静。只有三五个人散落在光的线条中。那位年纪最大的奶奶八十多岁了，他是寺院方丈的老母。老太太身体安康，精神矍铄，看到我们一行人上来，很热情地让座。尤其看到随行的母亲，更是亲热得不得了。拍着身边的椅子，让我母亲坐在她身边，像是久别的亲人，絮絮叨叨拉家常。

她指着不远处的小城，说夜晚的时候灯亮了，亮灿灿的好看极了。还说让我母亲别走，在山上住几天，她会帮忙照看的，说山上空气好，水质优良，心静身体好。

看着老奶奶神采奕奕的双目，内心莫名感动。真是"菩提本无树，明镜亦非台。本来无一物，何处惹尘埃"。如果人人能做到心静自然凉，像老奶奶一样无欲无求，那么岁月肯定无限好。

沿着寺院幽静的竹林款款而行。这些年因诸多事，回寺院的次数越来越少。少了这片空灵世界的洗涤，浮躁许多。如今再次回来的时候，已然明了，只有在这个地方，迷茫的身心，贪恋的虚名，才会淡薄。

在毛茸茸的光线里，两个孩子闯进视线。一个认识，几年前小城救助机构送到寺院的，说那孩子在垃圾里扒食物吃，不知道家是哪里。询问许久，问不出所以然，寻思来去，最后把孩子送到寺院，托方丈照看，至少衣食有保障。

那孩子话少，穿僧衣，吃斋饭，几年过去了，倒也长得结结实实。他看到我们的时候，羞涩一笑，继续忙手中的活。我还是感到了疼，这个孩子似乎没法沟通，他不说话，他的家就是未知数。不知道他的父母为找寻他，付出怎样的代价。

另外一个孩子却是陌生的面孔。我坐下那会儿，时不时听到他哈哈大笑几声，接着安静片刻，而后又大笑几声。我有点毛骨悚然，问做饭的居士，他这是怎么了。

居士说那孩子十三四岁，脑子有点不按常理出牌，在家里父母担心外出惹事，便把他日日关在家里。孩子的精神更加糟糕了，脾气暴躁，看到啥东西就砸，家里一片狼藉。父母无奈，送到寺院，但求晨钟暮鼓能让孩子安静下来。

说来也怪，那孩子来到寺院后，除了偶尔哈哈大笑几声，其他都很正常了，他会帮老奶奶搬椅子，会帮居士择菜，会去佛前诵经。她母亲看他情况好转，想把他接回去，他跪在佛前不愿意离开。

两个孩子犹如寺院的两眼清泉，清澈剔透。我看那两个孩子的时候，他们也正在偷偷看我。我施然一笑，他们分明也笑了，眼睛里清凌凌地照射出寺院的影子，阳光照在他们光溜溜的脑袋上，灿烂生花。

寺院本是世上一方净土，因了这些耄耋之年的老人和苦难的孩子，它似乎又担负了一些重担。

我离开的时候，寺院门口的药牡丹刚刚抽芽，大概再有一个多月就要开花了。我喜欢那花，和莲花一般，纯洁、安静、美好。

拾荒者

她大概有八十多岁了，是真正的耄耋之年。脊梁对着天，腰弯得厉害，头似乎要扎进土地。她步履蹒跚，右手拿着一根小拇指粗的钢筋，顶头弯了钩子，用钩子在垃圾池子里扒垃圾。

她是最近才出现的拾荒者，固定的地点是我家门口不远的垃圾池。有一次我去扔垃圾，正好碰到她蹒跚着走向垃圾池，那时候她手里没有带钩子的钢筋，用手解开别人扔的袋子。可能觉得够不着里边的，就在路边捡一根棍子，用棍子在垃圾上戳来戳去，翻捡出她认为能卖的垃圾。

她脸上布满老年斑，一双眼睛凹陷进眼眶，嘴唇不说话也在抽搐。

后来，便日日见到她，手上的家伙什换成了细钢筋。早上、中午、下午这几个时间段，她都在垃圾池子边忙碌着。不忙的时候，她就坐在垃圾旁边一家没人住的屋子台阶上，台阶朝南，无论什么时候，太阳光都能照在她身上，满头银发在光下闪动。

天冷的时候，她便从垃圾旁捡旁人扔的衣服围在身上。慢慢地她身边围坐了一些老人，或三或俩，她们坐得很近，似乎都是头对着头了。

前些天母亲从外边回来，刚坐下便迫不及待地对我说，她去捡垃圾的那个老太太家去玩了！

我诧异地问她，怎么认识的？

母亲说她从广场回来看到老太太一人坐在台阶上，便挨着她坐下聊了一会儿。老太太很热情，邀请去她家坐坐。我这才知道，她居住在我家相隔不远的平房大院里。

因了这个拾荒老太太，母亲打开话匣子，说老太太有三个孩子，两个儿子、一个女儿，如今她住在女儿家，女儿家经济条件一般，于是便做了拾荒者，虽然收益并不多，但是每天捡来的废品卖出去，够买几个馒头了。

母亲絮絮叨叨说许多，把拾荒老太对她说的话统统给我说一遍。到最后，母亲长长叹一口气，说那老太太真是怪可怜啊！

我不明白母亲这里的可怜具体指的是什么？是那么大年纪捡垃圾？还是家里有儿子却住在女儿家？在我母亲心里，一直认为养儿防老，女儿嫁出去就是外姓人，所以即便住在我家，她总是会叨叨，说走亲戚时间太长了。

看着母亲眼睛里流露出的同情，我笑着说请老太太来家里坐坐。母亲没有拒绝也没有邀请。

有一天下午，我在街上路过十字路口的时候，看到一对年轻夫妻跪在地上，背后竖着一块木板，上边贴着许多照片，也有简单的说明，意思是孩子病了需要一大笔治疗费，如今钱不够需要好心人帮助。那上边还贴了医院开具的证明，路过的人很多，真正看一眼的却很少。

我路过的时候侧头看一眼，还没看完上边写的内容，这对夫妻便开始向我磕头，弄得我极其尴尬，便从包里掏出十块钱放到他们面前的盆子里。就在那对夫妻连声说谢谢的时候，我被什么东西触碰一下，扭头一看，吃了一惊。

弯着腰，头似乎要碰着地，手里拎着一个袋子，里边装着几个矿泉水瓶子和奶盒，这不正是我家不远的拾荒老太吗？

此刻，她努力地想直起腰，但是那脊梁却始终弯着。她放下手里的垃圾袋子，那抖啊抖的手颤颤巍巍从贴身衣服的口袋里摸出两个一块的、三个五角的硬币，还有几个一毛的纸钱，不用弯腰便放进那个盆子里了。

就在那对夫妻磕头说谢谢的时候，佝偻的身子已经蹒跚离去了。那根细钢筋穿在袋子上，拎着的手抖啊抖、抖啊抖……

我目送拾荒老人，待我黏着夕阳的余晖快到家门口的时候，垃圾池边的屋子台阶上依旧坐着一道身影，满头银发在晚霞的照耀下闪着光。

和绿植做邻一天

　　女孩抬首含笑，站在一张桌子后边，窗外透射的阳光，以线条般的状态落在她身上。她青丝飞扬，肤色很白，脸上挂着微微的笑意。初次见面，她带给我一种温暖的感觉。

　　她是我初到新单位见到的第一个女孩。那天经朋友推荐，去新单位报到，因不知道领导办公室，便随手敲开一间屋子，她出现在视觉中。最让我震惊的是，那一屋子的绿植葱葱郁郁，女孩在绿植的环绕中，平添了清香。

　　我看那些植物，惊讶到无语。吊兰从屋顶直直坠下；文竹又从桌子爬上去；富贵竹一株，长在办公桌旁边的花架上；绿萝叶子脆生生的；一盆长寿花，挂着零星的小碎花，衬得满屋子诗情画意；十几盆绿叶小植物分别摆在办公桌子上、窗台上、茶几上……目之所过，全是绿色。

　　看着一屋子的植物，我想这该是多么热爱绿色，多么积极向上，多么靠近阳光，多么珍视生命的人，才能养出这么些植物，每天看着它们，与它们亲密接触，日子一定是绿莹莹，清脆脆的，女孩的办公室让我艳羡不已。

退回自己的办公室，一个人坐着，了然无趣，乏味淡淡，拿着手机胡乱翻阅。

"要不要和我一起去图书室看看。"应声抬头，发现她笑眯眯地站在我的桌子旁。

欢喜地点头，随她去看书。坐电梯的空间，与她闲聊，得知她也是新来单位不久，好在经过一段时间学习，一切已经进入状态，步入正常化工作了。图书室属于她所在科室分管，她便有更多时间沉浸与书籍之间。

说到书，我们似乎有了更多的话题，都是爱书的人，距离感越发的近了。

图书馆书很多，各种类型的书籍都涵盖了，基本上就是一个小型的新华书店。我对新单位的好印象又增加几分。一个单位把图书氛围做到如此浓郁，执政领导定是个喜欢读书的人。

我在图书室浏览许久，选了自己喜欢的书，回到办公室翻看。与我对门的便是那个笑脸充盈的女孩，还有满屋子的绿植。偶尔，我会刻意去她的屋子站一会儿，不为闲聊，只为和那些绿植接触一下。

遗憾的是，我和那些绿植做邻居仅仅一天，就分开了。原因是女孩的办公室做了调整，她带着她的绿植去了另外一层楼。

虽然女孩和绿植一起去了别的房间，可是无论我抬头、低头，经过那间屋子时，总感觉有绿色充盈心扉。

生命中总有一些不经意的、初次相见的美好，虽然如昙花一现，却深深印在心底，偶尔想起，便有暖流涌过。

那天，我很认真的抽出一点时间，用湿毛巾把几盆早期的绿植一片叶子一片叶子擦洗干净。我睁大眼睛看着那些落在叶子上的浮尘，被我轻轻擦去，绿植似乎在瞬间有了别样味道。我蹲着，看着，眼睛里装满爱的颜色。

　　这些天，我有意无意买来一些绿植，悄悄种下。我相信，只要每天给这些花草浇浇水，晒晒太阳，过段时间，它们也会满满当当环绕在我的身边。

　　人也一样，每天努力一些，学习学习，总有一天，会变成我们自己想要的样子。

山之魂

我相信山和人一样，是有魂灵的。

站在山上，极目远眺，山巅、山腰、山下的景物全部进入视线之中。于是一副极其壮阔的，气势浩大的，让人惊叹的景象定格在脑海中。

目之所及的山之巅峰，一座座犹如巨斧劈过。高耸入云的山崖，陡峭直立，云雾在山尖萦绕，似白云穿过，飘飘悠悠，绕过树梢，绕过树干，层层叠叠，犹如水彩泼墨，浑然天成。

太阳从远方跨过，露出金红色的笑脸，盘旋在山尖的雾霭，恰如娇羞的少女，低垂着眉，迈着猫一样轻巧的步子，悄然离开。

山巅毫无遮挡地出现了，各种植物施施然然，欢欢喜喜展露出青翠的模样。露水在叶子上滴溜溜地滑动，好像调皮的小孩在不稳当的地面上溜冰，滑过来，滑过去，一个不稳，骨碌碌又滚一圈。

不同的鸟类以，不同的声调，唱着不同韵律的歌曲。藏在草丛的小动物嗖的一声跳出来，吱的一声又跳过去。偶有山鸡，扑棱着翅膀飞过树梢，带起一股风，扯起树叶，一阵潇洒的摇曳，山在这一刻，热闹起来。

顺着心的指挥，沿着茂密的灌木，扶着高大的树干，一步一步，在山的怀抱中倾听动物、植物带来的波动，感受草木呈现的优雅和安宁。

山，分布匀称，层峦叠嶂，又不稠密，稀疏中突出高端大气，低矮中呈现稳重厚实。石头错落其中，恰如大珠小珠，点缀于此。

山，灵动得很，那些石块从久远的从前一路而来，看多了云起云落，听惯了风萧雨打，安静地坐在山上，犹如老僧入定，把山带入禅悟之中。

随意坐在一块石头上。脚下是厚厚的、青青的草，身边是葳蕤的树木。草和树不同，它们身姿娇小，属于小美。经历了秋冬地萧条之后，好不容易熬到夏日，这是属于它的季节，绿得不像话了。零碎的山花散落在草丛中，给绿草平添了诗意。

树，是山的孩子，也是山的命脉。

树的种类很多，不能全部叫出名字，书到用处方恨少，我有深切体会。

从树的轮廓看，树龄不是很长，少了年轮的树，没有老迈之感，给人青春活泼之态。绿绿的树叶在树冠上随风舞动，好似少年在翩翩起舞，灵动，活跃，看一眼便赏心悦目，心旷神怡。

我倚在树干上，抬头看绿叶，从叶子缝隙中透出的太阳，带着光晕一圈一圈扩散，叶子的纹路在光的直射下，清晰干净。盯着那些曲曲连连的纹脉，好像看到了其中汩汩流动的血液。

看着，看着，我的视线沿着叶子的纹脉，到树枝，到树干，到树根，最后到山上……

那一瞬，我分不清是树的血管，还是山的血液……

我在山上，听风、看草、赏树，感受从前和现在。

山，无私地接纳了我及一切动物和植物。从来没有哪一刻像现在这么安静。一座座山峰矗立，它丰满了，富态了，华丽丽的转变之后，让世人目不暇接，那些美丽和青翠，仿若魂灵，植入内心。

心无尘

曾经与他有数面之缘，其儒雅之风、谦谦之气早已刻印在心底。

"无圆"这个笔名也像一块透彻灵动的玉，在眼前不断闪现。圆而不圆，无圆而圆，在棱角的边沿上，圈定一方润圆之地。

我不知道书法的最高境界是什么，但知道这不是一朝一夕之功。某种时候，我会把"铁棒磨成绣花针"这句话用到书法上，而事实也是如此。

初次看到他挥毫泼墨的情境，是某年的春节，小城的花还没有打苞，唯有路边的羽衣甘蓝依旧茂盛。小城书法界在县城中心广场为市民义务写对联，我探头探脑挤进去了。

用好奇的眸子去看那些漆黑的墨汁，用并不宽厚的胸怀去理解一泻千里的豪迈及书法之品范。

那天，他即兴挥毫泼墨，以大地为案，瓷碗为砚，在不平坦的水泥地上，书写平展的对联。潇洒的身姿，力道的臂腕，挥动的毛笔，在冬日温润的光线里，洒脱生辉。喜庆的红纸上飞跃着新春的祝词。

看到我，他欣然笑，说才女妹妹来了。我羞愧，这些年胡乱涂鸦些文字，得了这个名不副实的雅称，实在是受之有愧。围观的人太多，求对联的人更多，他没有多余时间和我闲聊。一上午那杆笔就没有停歇，弯着的腰似乎就没有时间直起休息一下。我不忍过多打扰，转身离去。

事隔两天，他托朋友捎来一幅书法作品，说是对联没有发挥好，写得不尽他心意。

这件事一直留在我心里，对他的为人又多一丝敬重，他不仅对朋友尽心尽意，且做事严谨、力求完美。一件小事情足以突出他高尚的品格。

古人说："人品比书品更重要。"在我的认知里，他的人品皆为君子之道。

后来与他又接触几次，彼此熟悉，偶尔也会开个玩笑。兴起时，他拿起笔，划开纸，蘸墨，宣纸上瞬间开花，把一个平凡的日子书写得极其不平凡。

"心无尘"三个大字，力透纸背、自然天成、如锥画沙、收放有度，流畅的墨香似跳动的音符，组合尘世里不绝的友情神话。

我想他把这三个字送给我，是他心里，本就干净得无尘无暇。

和书法界朋友联系的多了，经常听到大家赞他，带着仰慕和尊重。再次感慨，他之所以受同行爱戴，受各界人士尊崇，其人格魅力定有不同凡响之处。任何组织的核心人物，如果不是拥有平易近日、和蔼可亲的态度，就一定具有高度的思想及凝聚力。

书法展示的是艺术，在艺术里畅游的人，思维和感情尤为缜密。一支笔、一方墨、一张纸、写的是字，释放的是感情，表现的是爱的尺度。每一篇书法作品，从不同的角度审视，感悟，它所散发的必定是委婉的、含蓄的、或许是严厉的、冷峻的情怀。而这情怀也顺理成章折射出人生的至高理念和追求。

他爱笑，笑，是他的特点。无论何时何地，先看到他的笑，然后是关怀的问候。

我想不管是谁，见到这种笑，所有的烦恼都会烟消云散。无论是谁，从此都有充足的理由相信自己。显赫也罢，平淡也罢，尊贵也罢，卑微也罢，一切都不重要，关键是要有自信的态度和平静的微笑。

他用他的笑，帮自己以及身边的朋友舒展每一个细胞，创造属于自己的一片天地，从此奋发向上，在人生的旅途中收获自己的那一缕芳香，笑到最后的人生资本。

"故立志者，为学之心也；为学者，立志之事也。"王明阳如是说。

后来因南水北调工程，我的家迁徙到另外一个市，与他的交集少了许多。但是依然可以从朋友的口中得知一些消息。他举办书法展，把参展作品卖的钱，全部捐给灾区和山区小学。

他的壮举得到很多人赞赏，而他却潇洒一笑，消失在人海，后来很少人能看到他，据说是隐入闹市之中，潜心书写了。

我坐在电脑前陷入沉思。布莱希特说："不管我们踩什么样的高跷，没有自己的脚是不行的。"他的身心在脚的支撑下，走了很多路。一路上他书写人生，把一段路写得闪亮无比，温馨暖心。

第三辑　土地散发着清甜的芳香

　　在乡村辽阔的土地上，执一世深情，二世相思，三世爱恋，等待草绿，等待花开，等待风起云涌，等他而来。阡陌红尘，纵横来去，凝望的目光始终如一，于村庄的炊烟里，凝固成永恒的风景。

扎根在土地上的人们

一

季节一晃，又到了岁末。街上熙攘的人群、浓郁的气氛，把日子带进了年的氛围之中。雪后小城，沐浴在阳光的照拂之下，人和草木皆在光阴里感悟，让时光的手，一一抚摸，一一慰藉。

扎根在土地上的人们，辛苦了一年，或种庄稼，或在外务工，或做生意，各行各业的人们均以饱满的精神，迎接年的到来。他们从四面八方涌进小城购置年货。我生怕，生怕小城负荷不了这般热闹。好在，它够宽容，终究是盛满了，放在心尖上捂着。

我给自己些许奢侈的清闲，漫步其中，感悟日子，即便朴素，也是美好。

花花绿绿的橱窗极尽妖娆，于清寒中暖了许多。商店里人来人往，试着衣服的人们，脸上挂着清淡的笑。他们忙碌了一年，用肩膀扛起一个家，给妻儿构筑一个温暖的窝，那窝里，安然，安详，是过日子的味道。

我以为，这就是幸福，烟火人家的幸福，简单、容易，只要空气里流动一点温馨，就能捂暖整个冬天。

清新的空气，带着明亮和洁净。街头的广玉兰，经过雪的洗涤，巧笑嫣然，笑出了一份明媚和张扬，我捡起一瓣叶子，心生欢欣。

冲撞日子的笔尖，像是酝酿了几个世纪，终于溅落在纸质上，成就岁月的断章，那章节写满柴米油盐，写满这片土地上的庄稼和人……

二

经常想起从前的日子。那时候，庄稼人是庄稼人，不知道"务工"为啥词。他们穿行在一块又一块土地上，修身养性，养清寂之气，耐得住寂寞，守得住平和，不管遭遇什么总能顺应，顺应悲喜，顺应欢喜，顺应苦难，顺应幸福。

那时候，乡村不知道留守为何物？他们扛着锄头，把土地挖出一道道辙，撒下一粒粒种子，大脚印把土地踩出了味道，带着泥土的芳香，黑土地上生长一茬一茬的庄稼，也养育一代又一代的人，庄稼上绑着期盼，日子就充满希望。

小麦、玉米、大豆，等等，哪怕是红薯疙瘩，都能唱出一首清甜的歌，那歌是乡村最美的歌谣，是庄稼人心里的明天，因了庄稼，意蕴了村子，厚重了历史。

那时候的草，不待一秋，便被割掉，而后再发芽，绿了一茬又一茬，把生命的绝唱，演绎得荡气回肠、婉转悠扬。它们在春秋之间来来去去，始终坚持着一份从容，守候着一份淡定，守候着一份安宁。

三

村子里长辈的口中，一张一吐，便是故事。那故事长在洋槐树下，便带着槐花的清甜；那故事落在榆树下，便印上了榆钱儿的葱绿；那故事吊在房檐下，便和上土坯、灰瓦的味道……

那些故事，落进庄稼的缝隙中，一颗颗极其饱满，像豆子一样，鼓鼓胀胀。忽然有一天，在太阳的暴晒下，"啪"的一声，开口了，成了一朵美丽的豆花。在我的心里扎根，落满馨香。那些长长短短的章节，或惊讶，或迷茫，或惊恐，每一种都带着情节，让我沉迷其中，眷恋许久，一如眷恋那些个温暖的身影。

我把那些故事绑在衣襟上，让其随着我奔跑，在辽阔的土地上舞动，把一个个月缺月圆的夜晚，勾勒得诗情画意。而后，再挑几段精彩的细节，拖到丰腴的土地上，栽植在地里，和庄稼一起成长。于是土地就长满故事，一代代延续下去。

不管是庄稼，还是荒草，因了这些故事，明媚得透彻，缠绻得美好。我经常用心去感受，似乎能听到花儿的声音，细细感悟花开的芬芳，留恋在岁月赋予的期盼中。

那时节，日子虽苦，精神却丰满。哪管茅屋漏雨、梁椽低矮，忙完庄稼，剩下的日子，便只有书了。书中的故事，是荒凉日子中的精神食粮，因了书，艰难的日子，也不再是苦旅。

那时候，为读到一本书，步行十几里外的乡镇，坐在小书摊上，如痴如醉。晨起去，日落归，赶着日头走，亏了腹内，空空唧唧叫几许。

多年后，回望遥远，讲故事的人已经越来越少了，他们在流逝的时光中，追赶夕阳。

土地上的人们呢？我紧忙去找，期待还原一个从前的日子，瓜果清香，薄雾相伴，门前篱笆，屋后青草……

四

季节已经有了紧迫感，岁末的钟声越来越近，所有的期盼挂在眉梢，成了一场浓得化不开的心事。那其中，写满了渴望。明天，明天披着一张崭新的外衣，等候在门口。

我深刻地体会到了生命的意义。此刻，我把感怀、念想、盼望，以及些许疼痛酝酿成一篇文字，搁置在岁月的末尾，等新年的钟声响起，一起交给明天。

"明天呢，明天是几号？"母亲问我。

我潸然泪下，几号成了母亲心头的期盼。因了我说，几号几号就要过年了，她便殷殷地期待着，过年于她而言，就要回老家了。

家，是土地上的家，没有钢筋水泥，没有楼上楼下。那里长满庄稼，长满青草，长满野花，长满老茧和故事，那里才是母亲真正的家。

她一直在等待，等待我带她回家。我忽然就觉得自己太残忍了，生生剥夺了母亲对土地的热爱。

这些日子，我生怕触疼母亲回家的渴望。

我知道，在乡村有许多的人，和母亲一样，生生爱着土地。他们牢牢地扎根于土地之中，把一份长长久久的期待安放其中。等着日出，送走日落，风雨雷电，霜雪冰冻，于他们而言，全是质朴和渴望。

我也喜欢土地，喜欢土地上的花儿、庄稼、野草，还有土地上的人，那些长在记忆深处的过往，从来不曾忘记过，不论过去多久，他们都是我生命中弥足珍贵的回忆。

从此都与你有关

　　清晨，太阳还躲在高层楼房的后边，迟迟不肯张开笑脸。空气中传来春的湿润，浅浅的雾在眼前飘逸。风，静静地卷入其中。濡濡湿湿的春，迎来新的一天。小宝蹦蹦跳跳地走在前边，时不时停下，看着路边人家堆砌的砖缝里露出的青芽，惊呼连连。

　　行至开阔的大路旁，一双耄耋之年的老夫妻闯入眼帘。置身于高空的太阳，把清晨的一缕光线帔到他们身上，慵懒地射着暖。白发苍苍的一双人于街道旁站着，相扶相依。老奶奶穿一身喜庆的红色棉衣，可能患病过，右手有点弯曲。

　　第一眼看到他们的时候，老爷爷正拉着老奶奶的手，把老奶奶往他身边拉拉，躲避马路上一辆又一辆飞驰的小汽车。

　　他们似乎在等什么，也许是公交，也许是出租，抑或是等人。就那么痴痴地两两相扶，站成了一道风景。银光灿灿的头发在日光中闪亮，像夏日盛开的并蒂莲，开出人生相辅相撑的幸福之花。

　　执子之手，与子偕老。便是这种从年轻到暮年的相依相偎吧。我一边走，一边频频回望，把一幕偶然碰见的爱情故事放在心底，长出一段生活的感悟。

我想，在漫长的人生路上，在几十年的相守中，他们之间定然也发生过一些磕磕绊绊，口口角角，那又怎样，心大者，会把偶尔的拌嘴当作生活的调料，吵过方知情重，闹过更懂爱浓。

烟火人家，谁家的窗棂都有过动态的人影。

童年时，母亲脾气暴躁，性格烈。父亲太懒惰，不爱干庄稼活，更不爱厨房里的琐碎，懒人，在村里是挂了名的。家里十八亩土地全部压在母亲肩头，回到家还要忙锅碗瓢盆，几个孩子的生活杂事。累很了，母亲发脾气，有时候会爆粗口，甚至直接动手。

父亲被母亲吵得心烦，也会发脾气，一场战争似乎就要爆发。我们兄妹躲在墙角，吓得嗦嗦发抖。往往在战争一触即发之际，父亲举着高高扬起的手，看着号啕大哭的母亲，甩袖而去，说不跟女人一般见识。母亲坐在灶火前抹眼泪，哭得抽抽噎噎。父亲却一溜烟跑到相隔不远的外婆家，搬来外公或外婆。

母亲在外公或外婆的哄劝下，起身洗手做饭。父亲则端着茶杯送到外公外婆手里，跷着二郎腿等吃饭。待外公外婆回去后，父亲跟在母亲身后，低声下气说好话。往往父亲几句话，绷着脸的母亲便怒气尽消，和好如初。

这样的事，屡见不鲜，以至于后来只要看到他们吵架，我们兄妹几个就小跑到外婆家，扯着外婆的袖子往家来。小脚的外婆如同清官一般，尽心尽力解决父亲母亲的家务事。

这么吵吵闹闹，几十年过来了，几年前母亲突发脑梗死，住进医院，一向笨手拙脚的父亲竟然变得麻利许多，在医院里，他给我母亲喂饭、洗脸，搀扶着散步。我不敢想，粗枝大叶出名的父亲也有这么细心的一面。

母亲出院后，因我们兄妹都在不同的城市生活，照顾母亲便成了父亲的事儿。他学会了做饭，尽管没有色香味俱全，但是米饭蒸熟了，面条煮烂了，青菜也会放到油锅里爆炒。父亲在花甲之年，因了我母亲，他学会在厨房忙碌，也会把脏衣服放进洗衣机。

偶尔，他们还会拌嘴，母亲骂他不应该老去打牌。父亲还嘴说，伺候她还堵不住她的嘴。

但是吵了就吵了，只要一会儿，父亲便会把各种药丸分拣好，递到她手里，看着她吃进肚子才放心。这些年母亲一日三餐饭，两顿药，都是父亲盛好，选好，一次也没有省略过。

前年父亲突然西去，留下孤零零的母亲。尽管我们兄妹争着接母亲居住，可是每每住几天，母亲便嚷着想回去。

我知道，那个家是父亲给她的家，只有在那个家里，母亲才能安静下来，她极其喜欢的去邻家串门。拿着小锄头在屋后她和父亲开辟的小菜园子里忙碌。似乎这样的生活才是她该过的生活。

年后回城里的时候，母亲看着父亲的遗像，说旁人生病那么久都没有死，你爹好好的咋就死了呢！

我无语泪流。母亲，这是思念父亲了吧。没有父亲后，她像一棵无根的草，随着儿女飘摇。她说自嫁给父亲后，处处便和他绑上关系，如今没有了他，不知道该把自己往哪里安置了。

死生契阔，与子成说。便是这样吧！

友说前段时间和先生闹了一场不大不小的别扭，原因令人啼笑皆非，友是初中老师，比较忙，少有时间打理家务。先生心疼她，便分担一些。却不料引起婆婆的不满，老太太男尊女卑的思想极其严重，不舍得自己的儿子做家务，就责怪媳妇的不是，说哪有女人不做家务的。友的先生听他妈话，果真跷起了二郎腿。

友忍气吞声，一边带儿子，一边伺候一家子老老少少。人的耐心是有限的，再好的脾气也经不起摧残，家务的磨损耗尽了友的肚量。她一气之下，带着两个孩子住进学校宿舍，留下先生和他父母三人住在宽敞的大房子里。

婚姻因这么点事儿，竟然出现裂缝。友的先生控制不住思念妻儿的心，于是，在和他妈争吵之后，飞快地跑到妻儿身边。

如今一家四口挤在狭小的宿舍里，友批改作业，先生依旧分担家务。虽然住房拥挤，但是心宽敞。婚姻，原本是两个人的事儿，多一个人加入，就会成了奇怪的三角关系。

男人和女人一经绑定，便是牙齿和舌头，左手和右手，谁也离不开谁，多点包容，多点体谅，彼此尊重，日子定会别样美好。

春日的早上，我在街头，凝望烟火深处的情意，感悟流年里升腾的爱。这爱，是夫妻之爱，是恋人之爱，是友情之爱，是亲人之爱……我把世上各种情爱，绑在心尖，叠加生活的暖。

读书至老

儿子去上学的那天，兴趣高涨，跑到书架前抽出两本书，说带到学校去读，今年一定要多多读书！

我很诧异，说太阳从西边出来了，不是玩游戏成疯吗？咋想起读书了？再说，想读书的话，学校图书馆是多好的地方！

儿子笑着说老妈给推荐一下，啥书好？

我欣慰一笑，说中外名著，经典的永远是不朽的！

待儿子离开后，我随意翻起一本书，忽然就多了感慨，自媒体时代我好像读书少了，更多的时间则是抱着手机看网络小说至深夜。

回想年少时，却是嗜书如命，那时刚刚接触到课外书，同学传阅的连环画，一经入手，便不能自拔，深深地爱了那种图文故事。后来又接触到长篇，生活似乎打开了另外一扇门。

家里有个箱子，里边装满了哥哥们收藏的课外书。有一天父亲忽然大发雷霆，像狼一样咆哮，他气哼哼地搬起那箱子，用锤子砸开锁，划一根火柴烧了一箱子书。我眼馋地看着，心疼得要命。

三哥疯了般去护那些书，被父亲揍了一顿。父亲甩袖而去，三哥蹲在那堆呼呼燃烧的纸堆旁抽抽噎噎。后来才知道，一向成绩极好的三哥考试成绩下降得厉害，老师说他上课不认真听课，一直在看课外书。父亲屡次说不听，便狠心烧了那一箱子"罪魁祸首"。

很多年后父亲提起此事也是心疼得不得了，说几个娃都爱看书，是好事，可是耽搁了学习，就不能接受了。

如今父亲远离我们而去，尘土相依。那些曾经都成了回忆，子欲孝而亲不在，想要父亲再发一次脾气都成了奢侈。

父亲的决绝烧书，并没有阻挡我爱书的心，后来发现一个秘密，爷爷的书极多，而且全是我爱看的武侠小说。像发现了新大陆似的，爷爷成为心里的另类人物。脸皱巴巴的爷爷，老爱噘着胡子，每次拿他几本书，他都要反复叮咛，不要弄皱了，不要弄烂了，不要弄丢了……

爷爷老去的时候，书也少很多，最后只剩下一蛇皮袋。父亲说烧了吧，让你爷爷在下边看吧。

我抱着爷爷的书哭哭啼啼，最后父亲松了手，说爷爷最喜欢你，这书留给你也好，也算留个念想。

时光荏苒，岁月延绵而长。少女时代因爱读书，日子变得温馨而火热，书卷里似乎流淌着长长的暖风。欢喜时，一卷书；忧愁时，和书一起钻进被窝；恋爱时，抱着书发呆；失恋时，捧着书落泪……

成家后，为柴米油盐酱醋茶奔波着，偶尔有空闲，还会捧一本书，靠在床头舔舐墨香。

入住小城后，不经意结识一位老友，大开眼界，第一次知道了啥叫"藏书"，一室的书，排列整齐，从古到今，从中到外，从战争到和平，还有线装的古诗词……

他说一辈子干得最多的事，便是读书了。年轻时随便什么书，只要是字，就爱不释手。随着年龄的增长，读书也有了选择，这么一读，便读了几十年，积攒下来就这么一屋子。

我惊诧到咋舌。摸着一本一本泛黄的书，心生暖流。一个人把读书作为人生一件事来做，老于书卷之间，那该是一种怎样的爱书情怀？那种至深的读书境界该怎样阐述？

他如今八十高龄了，还会捧起一卷书，或拿起别人送来的拓片，用放大镜研究那些湮没在岁月中的碑文，他说碑文是大文化，简简单单几个字，汇集了古人的智慧。

我经常去他的书房坐一坐，体会那种静坐书海的温馨感觉。读书到老，人书亦老，我是这么想他的。

"读书破万卷，下笔如有神。"读书，多读书，读好书，趁春光明媚，趁年月正好，捧一卷书，养心益智，燃亮生命！

栽下一株思念的苗

母亲拿起锄头，开始整治她的菜园子，她说挖几个土窝，栽几棵南瓜苗，秋天挂果了，给我们兄妹顺车捎几个，煮在稀饭里，甜呢！说南瓜现在是稀罕物，村里的人都到她的菜园子摘南瓜呢！

母亲脸上带着笑，额头有汗渍，穿过她头上的银色，我仿佛看到了很久很以前，看到了儿时的岁月。

童年时家里非常贫寒，没有读书以前基本上是在外婆家度过。那年月缺吃少穿，而我们这一群里孙、外孙，像一帮饿狼，围在外婆的锅灶边上。

外婆喜欢抽烟，坐在锅灶后边的木墩上，旱烟袋一锅子接一锅子的抽，烟叶是自己家种的。掐几片用草绳穿起，挂在房檐下晒干，揉碎。外婆装一袋烟叶挂在烟杆上，时不时捏一撮，塞进烟袋锅里，用手按瓷实。

火柴点燃，吧唧一声，外婆吸一口，吧唧一声，外婆又吸一口。劣质的烟叶冒着黑烟，呛得她不断地咳，直咳得眼睛有泪花溢出，然后用围裙擦擦，接着抽烟。

外公看不惯外婆抽烟，会用一种眼神看看，然后说出两个字"你呀！"是责骂、是关心，还是生气，我不知道。

抽足了旱烟的外婆，蹒跚着衰老、矮小的身子，一双小脚走出的碎步，使她的身子有点摇晃，她的活动场地基本就是锅灶边和菜园子。

一笼一笼的南瓜秧，爬得满园子都是，大叶子绿得耀眼，白色的文脉增加一种色调。小小的、嫩嫩的南瓜撑开一朵朵红红的南瓜花，像喇叭一样，胡须般的花蕊，呈黄色、柔柔的、顶部还有一个类似外婆旱烟袋的弯点，手指一碰，细细的花粉便簌簌落入喇叭花般的南瓜花里。

外婆像侍弄孩子一样，把爬出篱笆墙的笼头拉回来，然后慢慢地放进园子里，生怕弄疼那些维系生命的绿色。一个个小南瓜被外婆看看，用指甲掐一下，白浆溢出，太嫩了，外婆一个一个的掐，一个一个的放弃。菜园的南瓜，个个都受过外婆指甲的轻轻呵护。

外婆的额头像被绳子勒过似的，一道一道皱纹深得像沟壑。牙齿也只剩下几颗，吃东西，不是牙咬，而是在嘴里来来回回几下，囫囵吞枣咽下去。

一座菜园子被外婆不知道转了多少圈，直到外公喊她，娃们都饿了，快做饭吧。她才恍然大悟，抬头看看日头都到头顶了。外婆终于下手，狠心摘出一两个不大不小的南瓜，一个胳膊抱一个，尽管白浆还在流，但是她毫不犹豫地走进厨房。

外婆的菜园里，从来没有长黄、长老的南瓜，实在摘不到大一点南瓜的时候，她会掐一些南瓜茎，南瓜花一齐放在锅里煮。于是一锅南瓜大杂烩，就出现在我们眼前，围着一圈孩子的锅台，放满了瓷碗。

外婆的大铜勺在锅里转呀转呀，绕了一圈又一圈，搅了又搅。大块的南瓜在外婆的摇动中都变成了南瓜糊糊，才一勺一勺舀起，倒进瓷碗里，我们吃到的永远是丝丝缕缕的南瓜茎和南瓜花，喝的才是南瓜。

日子才刚刚好过一点的时候，不再喝南瓜汤的时候，外婆离开了我们。疾病的折磨使瘦小的外婆更加瘦小，瘦得只剩下骨头。她浑浊的眼睛有对儿孙的不舍，她的神情也有去陪伴外公的决心。她想留下来，给孩子们做南瓜糊糊，可是她也想去给外公洗洗涮涮。外公一辈子爱好，穿衣整齐干净，不会做家务，外婆说她得去照顾他。

外婆走了，在儿女们不舍的哭声中走了，天堂里，也许她正和外公一起，幸福殷实的生活，不再热衷于南瓜汤了。

这么多年，外婆、菜园子、南瓜、总出现在我的梦里。外婆还是系着深蓝色的围裙，围裙上挂着她的旱烟袋。"清明前，十月一后"，一年一度的拜祭快到了，春雨淅淅沥沥，过了谷雨苗苗都扎根了。

母亲挖地，栽下一棵棵南瓜苗，我知道，她栽的不是南瓜苗，是思念。

青山·溪流·古树

青山

　　初夏，去看山，山在小城的一边。二十几里路，距离太近，以至于我还没有欣赏够蜿蜒起伏的山路，便进入大山脚下。抬头看，大山穿一身墨绿色的衣裳，很坚定的地挺立在浩瀚的碧空之下。山，没有突兀的悬崖峭壁，更没有巍峨高耸之感，因草木葳蕤，那种深绿，反而有一股苍老隐含其中。山脉清晰，层峦起伏，延绵无数，没有尽头。

　　站在山下仰望，青山如屏，把一个偏远的山区点缀得充满生机。环顾四周，灌木丛生，山花簇簇，路不像是路，只有一条崎岖不平的小小山道，从茂密的叶子下，悄悄地延伸到远方。

　　山，没有泰山之雄，没有华山之峻，除了平凡还是平凡，它默默地占据山城偏远的乡镇一角，世世代代照顾这里的乡民。所谓靠山吃山，山里人家种植香菇、金针菇，稍微平坦的地势，猕猴桃欢欢喜喜的蜗居于此。

也可能是因为山过分普通，反而有一种真实散播出来。立于平平淡淡的山峦之间，似乎感觉，这分明就是曾经生活过的地方，像家，很温暖，很温馨，避开了城市的繁华喧嚣，成就了或短或长的曲径清幽。

山沟里，空气清新，在这里烦躁不安的心也静下来。

伫立的青山，无言沉默着。像耕耘在黑土地上的父亲斗笠下沉重的爱。是的，浑厚的山，有一种真实的情怀，那情怀里有浓厚的爱，抚慰生活在这一方的子民。

弯弯的山道上麻雀在歌唱，小虫子在啾啾地叫着。走在天然铺就的鹅卵山道上，倾听鸟鸣，泉水叮咚，天籁传来悠扬的清音，山中人家土蜂酿造的蜂蜜香甜，随风飘了过来，甜香扑鼻，沁入心扉。

抬头遥望山顶，那是一个无比澄净的境界，有返璞归真之感。在山中慢慢行走，静静感悟着，回归自然、回归自我、回归一颗安静无尘的心。

溪流

在大山的怀抱中，一条潺潺流动的小溪，沿着山涧自上而下，从远方唱着歌欢快地走来。绿草颤抖着身躯，轻轻地触碰流动的溪水，一滴滴珠儿挂在草儿上，晶莹剔透，欲滴未滴。

夏日的阳光照射而来，亮晶晶、亮晶晶，扰乱眼球。轻轻地蹲下，掬一捧清澈的溪水，凉凉的感觉，由手心直入身体的每一个部位。瞬间，一种清凉布满心头，像是一首久远的歌曲回荡在心中。

故乡也有溪流，长年如此流动，流了几百上千年，从来没有停下脚步，灌饱了一代又代生存的故乡人。眼前这条安静的溪流，和故乡的溪流一模一样。我站在它身边，感受它无声的爱，像祖母亲切的呢喃，像母亲温暖的叮咛，抚摸我渐去渐远的青春。

清澈的溪水，继续默默无闻地低吟着那首进行曲，与石头呢语，和小草交心，和两岸的青山独白，与白云星辰对话。

青山不老，溪水长流，山回路转，逶迤前行。沿着溪水向前走，山沟内一行人的欢声笑语，惊醒了沉睡在林中的小鸟，扑棱棱张开翅膀，叽叽喳喳的叫声，在幽静的山谷格外清脆。

飞溅的瀑布，从高高的石壁上倾斜下来，溪水瞬间转换成一条白色的银龙，舞起了一首全新的旋律，在绿叶的衬托下，瀑布更白了，山花更艳了，绿草更绿了。

溪水，从遥远的地方而来，到遥远的地方而去，一路穿越，在山野中流动，在曲曲折折的磨难中，走过了千山万水，默默地哺育着这片生生不息的土地，哺育着周围的花花草草，哺育着每一个像我一样热爱生命的人。

最终它会流到哪里去，也许，穿越了这段山峰，它就汇流入海，投入到那广阔无垠的怀抱中。

古树

顺着溪水一直向前走，一棵百年古树出现在眼前。抬眼望去，斑斑驳驳，满目疮痍。

肢体老迈的古树，腹内空空，只有一圈弱弱的外躯无奈地挺着，艰难地吸收着天地的灵气，气若游丝地活着，让人无端的心疼。树枝上的叶子稀稀落落，不茂密的绿色投射着，它曾经经历多少苦难，又是靠着怎样的毅力，支撑到现在。

因为它体内空空，所以看不出它的年轮，但是那满身的苍老足以证明，无数的风雨洗礼过它，树皮干枯，树枝稀薄，初夏的阳光照在它身上，似乎想用这样的暖阳，洗去它一路的沧桑。

我站在古树旁，细细打量着它，抚摸它干黑的树皮，倾听树枝上叶子的呢喃，仿佛听到了岁月的风云涌起，听到了它曾经触及电闪雷鸣的旋律。历年来，它不断吸吮天地之灵气、日月之精华，行至百岁到今天。

古树独自在风雨中，用衰老的躯体和枝丫上嫩绿的新芽诠释了生命的价值。尽管它老了，然而竭尽全力抽枝的新芽，却栩栩如生，它战胜了自己，再一次把绿色播散。

几间土坯房子紧挨着古树，院门敞开，野生的土蜂嗡嗡地飞来飞去。夜不闭户，路不拾遗，似乎就是描述这里的现象。

青山、溪水、古树，还有那些道不出名字的花花草草，尽管这里没有奇山秀水，没有享誉五湖四海的名胜古迹。但是这里空气清新、民风淳朴，是一处难得的休闲养心天地。

"溪边照影行，天在清溪底。天上有行云，人在行云里。高歌谁和余？空谷清音起。非鬼亦非仙，一曲桃花水。"空谷下，溪流旁，辛弃疾的一首词，恰恰把内心的情感表达了出来。

山不在高，水不在深，万物皆有灵性。看看青山，摸摸溪水，再倾听，倾听古树心跳的声音。

我沉醉于此。

水路

我觉得，我走的水路一定比旱路多，就像老人们说的那句俗话"我们的吃的盐比他们吃的米多"。这话听来夸张，事实却毋庸置疑。

水，是故乡独有的色彩，单独一桶是无色的，全部容纳在一起就变成深蓝色了。印象最深的是范仲淹的"碧云天，黄叶地，秋色连波，波上寒烟翠……"每次想起这首词，就会想起故乡的水，在我心里，故乡的水就有这样美妙的意境。

一开始走水路，挽起裤腿，拽着母亲的衣角，心惊胆战的生怕抓得不紧就掉进河里。小脚踩着软滑的水下淤泥，像踩在滑溜溜的水蛇身上，整个人都是颤抖的。

那时候母亲胆子特别大，齐腿深的河水在她眼里和小溪流没有区别。她像护犊子的老牛，脊梁背着背篓，用柔软且有力度的手拉我到她眼前，一只胳膊像抱一捆柴火似的，把我夹在胳肢窝里，三下五去二，只几步便迈过了那条河，我认为犹如天堑般的存在。

河的一边有大片的土地，土地肥沃，不仅长庄稼，也长青草。很多和母亲一样的妇女都蹲在地上，"刺啦刺啦"，一把把飞舞的镰刀声就像划破云霄的惊雷，一道道声响过去，便割倒一大把青草。

傍晚的太阳像红彤彤的大磨盘，从西边映射过来，她们的身上涂抹着金色，带着一层晕黄的光。我跟在母亲和那些大婶大娘身后，用幼小的胳膊抱起她们割下的青草，一把把搂成一堆。

稍微大一点，和故乡的小伙伴一起，一拉溜好几个，你拉着我，我拉着你，背着各自母亲曾经背过的背篓，趟过河到对岸，一棵棵青草在纤弱的手下成堆倒地，最后装进背篓，压在了脊梁上。

那双纤手慢慢变得粗糙，多了纹路，多了水泡，水泡最后化成茧子。有月亮的夜晚，母亲叹气，那些茧子好像长在她心上的刺，不断刺疼她的心。

绕着村庄的水，如同禁锢在村庄的钢筋，绕一圈又一圈，我们重复着一条又一条水路，蹚过一年又一年的岁月。

不记得走了多少水路，只知道水路是童年和少年每一天必须要经过的，我家的那头牛，一直等着我，等得它老态龙钟再也犁不动土地，最后与故乡告别，湮没在风尘里。

那年，父亲带我走水路，那条机动小船停在丹江的深处。我跟在父亲身后，穿过一个又一个村庄，跳过一道又一道沟壑，累得气喘吁吁，坐在那条渔舟一般大的小船上的时候，像狗一样吐着舌头。走了几十里路，搭乘别人的小船去湖北看爷爷，只是为了省下两个人六块钱的船票。

父亲那天胆子变得极小，一整天把我堵在不足两个平方的船舱里，不许露头，唯恐一个不小心掉进深幽幽的丹江河里。

我趁他不注意的时候，探着脑袋瞄一眼丹江水。水和天一样，带着蓝底，深不可测。机动小船沿着一高一低的浪头，一起一伏，似乎被人抬起又重重放下，抬起放下，抬起放下，刚开始挺喜欢这种感觉，没有多久瘦弱的肠胃便发出不甘心的呐喊，我爬在那个狭小的船舱里，抱着盆子吐，看见自己吐的污秽，再次发出一声撕心裂肺的干呕，直到把一肚子的青菜汤吐尽为止。

从那之后，父亲说他以后再也不带我坐那种小船走水路了。那一天对他来说，犹如一个世纪那么漫长，他做好了所有不好的准备，把一个车轮胎时刻抓在手里。

他呆呆地坐在船头，看着溅起的波涛，锁紧眉头，两只手攥成拳头，好像把一身的力气都融入其中，如果、万一……父亲攥紧所有的害怕和担心，直到机动小船安全泊岸，他才长长出一口气，如同卸下千斤重担。

那是我和父亲走过最长的一次水路，也是唯一的一次，而后不管时间多紧，事情多急，父亲都会积攒几块路费让我坐上大轮船，到丹江的另外一边。

父亲像老鹰一般把我揽在怀里，一次次想放开我的手，一次次又舍不得。

最后，父亲变成了放风筝的人，一手牵线，一手把我放飞到高空。风大的时候他就拽一拽，让我离他近一些，风小的时候，他又把我放出去，自由自在地在天空中飘游。

再后来，我就像长出羽毛的鸟，一个人离开故乡，坐豪华的大船走水路去远方。

远方就像地平线一般看不到尽头，我走的时候，父亲母亲依依不舍，愣愣地站在村口的那棵老榆树下，站成了两尊雕像。

船很大很大，大的晃花了眼睛。我坐在车上，车又坐在船上，这样的旅途甚是有趣。我怀揣着希望，让这一段旅途长出许许多多的幻想。

坐在这艘巨船上，看到了日思夜想的黄鹤楼，那高耸入天的塔，像从天而下落入凡间。那一刻似乎看到了烟花三月下扬州的帆，似乎听到了两岸鸣叫的猿声……

我对那条水路的爱，不亚于任何人，而我出生的那条汉水流域，则是它的支流。

　　万事有因果，我从丹江走，最后从长江出去，我沿着水路走啊走，从童年到少年至青年，用了二十年才走出去。脚踩到岸上的时候，有瞬间的恍惚，也有长长的失落，回头看一眼，发现故乡落在天边。

　　许多年后，我回家，旱路四通八达，想走水路却成了奢侈。我用几十年走出村庄，回去的时候，用了几十分钟，这种落差最后被人们简单的总结为"乡愁"。

凤仙花又开

凤仙花很多，成堆长在菜园旁，红的、白的、紫红的，争相斗艳，姹紫嫣红，把菜园子染成了花海。

我妈端着筐子，弯着腰，把那些开在绿叶间的花，轻轻摘下，她摘得仔细，就摘花顶的部分，花根部留下，她说那是结籽的，不能糟践了。

在故乡，我们叫它"指甲花"，作用有两个，一是摘下染指甲，小时候指甲花是每个女孩的最爱。晚上睡觉前，把那些花瓣揉揉，用小刀子把指甲刮刮，把揉好的指甲花放到指甲上，摘几片青碧的麻叶包好，用母亲缝衣服的白线缠紧，十个指头包八个，食指不敢染，老人们说要是把食指染红了，当大了会做小偷。

食指染红当小偷的事，谁也不敢肯定，但是谁也不敢冒险。凤仙花开的时候，女孩们伸出手，八个手指甲红彤彤，大家比拼谁的指甲最红，说明指甲是吃指甲花的，有些女孩的指甲不够红，说明那指甲太硬，不吃花。

后来知道了指甲花的第二个作用，用来泡酒。要是被蚊虫叮咬了，或者身体哪个部位痒了，用指甲花泡的酒抹抹，立刻止痒，不会红肿。

我妈知道这个单方后，便开始大力种植指甲花了。房前屋后，菜园旁，凡是有空的地方，均被她撒了花籽。春来，那些花籽破土而出，长出两瓣嫩嫩的叶子，而后在和风细雨的润泽下，一棵棵慢慢长大。

夏日骄阳似火，我妈提着水桶，拿着水瓢，一棵一棵浇水。指甲花在她的侍弄下，发酵似的长大，蓬松成一团，挤着、挨着、扎堆长。村里人经过的时候，时不时发出一声惊叹，哎呀，婶子家这么多指甲花，开花了可来摘点包指甲。

我妈直起腰，擦去额头的汗，咋呼呼的应声，可行，可行，摘多少都行。

指甲花开了，铺天盖地，房前是花，屋后是花，菜园子旁更夸张，大棵的指甲花，主杆长得像小树杈那么粗，一棵棵顶着蒲团般的花秧，花骨朵从枝腋间探头探脑伸出来，毛茸茸的花骨朵，像害羞的小女孩，最终迎风绽放，开成一朵朵美丽的花。

早上的花带着露珠，娇娇嫩嫩，我妈辣手摧花，趁着花瓣清新的时候，合着露珠一起摘下，放在小筐里，粉粉嫩嫩、红红白白的花儿，看一眼，让人喜欢得不得了。我妈端着筐子，把那些花挨家送给邻家的小女孩，嘱咐放在水缸边，潮湿，能保鲜，晚上包指甲最好。

一个个爱美的女孩接过我妈的指甲花，她们笑，我妈笑，那些花终究是要用到正处了。

余下的指甲花，我妈装进瓶子，瓶口太小，用筷子戳进去，最后倒上酒，存放起来。这样的酒瓶很多，我妈又开始挨个送人，邻里之间，亲朋好友，凡是她能想到的，都能分到一瓶。

后来，我妈离开了故乡，跟着儿女住进城里，每每看到花开，都会发出惊诧声，指甲花快开了吧，麻利回家摘些泡酒。

多年后的故乡，染红指甲不再是小女孩的最爱了，但是指甲花种的更多了，家家房前屋后都开花，因为村里的老人发现了指甲花的第三个用途，专治灰指甲。

于是我又看到一道有趣的风景，一个个耄耋之年的老人，把饱受岁月摧残的指甲伸出来，你给我染，我给你染，八个指头红艳艳，苍老的皮肤在红指甲的衬托下，闪着红灿灿的光。

渐行渐远渐无书

我是专门去看古树的。

古树在小城一隅，那块土地，原本长满庄稼的，喂养了很多人。

那一年，南水北调中线工程启动，十几万移民开始迁徙他乡，这块地便不再生长庄稼。许许多多的古树，坐上大汽车，被拉到这个地方，根部带上一个很大的泥土袋子，挖掘机挖出的树窝儿又深有大，不管多大的树根都能安然栽下。这些原本长在村庄的树，就这么被挪移了位置。

人家都说"树挪死，人挪活。"可是这些原本长在村庄的的树，迢迢百里，好像虚空大挪移，移栽到平展的土地上，依旧完好如初地活着。这个地方被冠以一个很美好的名字"移民文化苑"。

从此，它成了思乡的根，归家的游子会在这块土地上停驻片刻，摸摸老房子，亲亲老古树，近距离与故乡亲密接触。我特地选了春日，花开的时节，去寻乡，去寻家，去寻亲。

一千多棵古树，像遗落在丹江岸边的灵物，扎根于此。几年过去了，它们慢慢地适应了这片土质。泥土松软，没有顽石的抵御，它们很轻快便扎根了，和人一般，适应能力特别强，给它一片沃土就能生存。

它们喝的水依旧是丹江水，我想，这才应该是挪移后成活的必备条件吧！

站在一棵古树下，这棵皂角树究竟有多少年了，谁也说不清楚。外公说他小时候这棵树已经很粗了。母亲说这棵树，她小时候都抱不住。我记得当年为了摘皂角，胳膊只能抱着一小半树干爬上去。

抱着老家的皂角树，贴着树干，如同经年一般，感受它的味道，它身上是我熟悉的气味，有外婆的呢喃，外公的疼爱，还有皂角板的泡沫。那些消失在时空的从前，像连续剧一般在脑海频频浮现。

皂角树长在外婆家的门口，树干粗大，枝蔓很多，像一个大蒲扇一般笼罩着院子。树下面鸡鸭鹅来来回回，猪仔哼哼，外婆颠着小脚，一会赶了鸡鸭，一会儿又去打猪。狗汪汪叫，鸡鸭乱扑腾。一院子的孩子，一院子的哑巴牲口。它们在外婆的照料下，长个子，长膘肉。

春天来了，桃花红，梨花白，海棠也不甘落后，一树树争先恐后，长在地上的苜蓿花，不要命的积攒花事，一直蔓延到土坯墙的门口。皂角树挨着一拉溜枣树，它们不急不躁，不和桃李争春俏，静悄悄地发芽，细细的叶子长在高高的树枝上，整个院子都罩在它的树冠下。

皂角树，要等到结出长长的皂角板才好看，一个个低垂挂在树上，像倒挂的娃娃般，扁扁的皂角板，让人爱恋不已。青色的时候，外婆盯得紧，谁也不能打下来，一树的皂角板是外婆拿来洗衣服的。

外婆把皂角放在大锅煮水，然后用那些水把衣服泡进去，最后把衣服放在搓板上，用棒槌敲，矮小的外婆可劲抡棒槌，捶一遍，再翻过去捶一遍，来来回回，反反复复，外婆要抡很多次棒槌才能洗净一件衣服。

后来生活慢慢改善，皂角板不再是洗衣服的主要材料。舅舅成亲分家后，那棵高大的皂角树正好在新盖的房子门前，成为乘凉的必备。垒院墙的时候，舅舅特意给皂角树垒一圈砖墙，围了起来。

几年前，南水北调中线工程启动的时候，走街串巷的生意人，挨村收货，古树也成了一种物品。舅舅门前的皂角树被一波一波的人丈量过。他们给出不同的价位，舅舅衡量了又衡量，终究没有舍得出手。

眼看搬迁在即，不走不行了，皂角树成了大家心里的疼。卖吧，舍不得，迁走吧，自己家里哪有那么多机械，一棵树就要一个大卡车拉，需要一千多块钱呢！当移民搬迁的大卡运走村庄一车一车物什的时候，舅舅终于咬着牙，狠了心，以四百块的价格把皂角树出售了。

亲眼看着挖掘机挖走了皂角树，舅舅摸一把眼泪，踏上了远行的客车。

一年后，大家才知道，老屋门口的那棵大皂角树被移栽到县城的一隅，这里移栽了很多很多村庄的树，一百六十八个灰飞烟灭的村庄，竟然以这样的方式复活。被邀请回乡的各村村民代表，摸着曾经代表各个村庄的古树，泪流不已。

如今，各村的古树在这里生龙活虎地活着，只是少了当初的虬枝霸气，锯掉了虬枝之后，显得特别孤单。

我想冠以优美的书面语言，来阐述古树的魅力，也想用高大上的语调，歌颂这片收容它们的土地。可是在熙熙攘攘的游客面前，我的语言竟然这般苍白无力，再也无法为其书之片言只语。

千百棵古树，春来发芽，尽力吸收丹江清甜的甘露，把曾经的岁月风云继续演绎。十几万移民记录着它们的生长，也记录着迢迢北上的丹江水。尽管彼此都挪移了地方，但是内心的坚守却不曾改变过，哪怕是狂风暴雨、电闪雷鸣。

丹江从它们身边穿越而过，那些流动的液体，如同血管里的血脉，九曲回荡，百转不息！

年事

赶大集

有人的地方，就有集市。那时候进入腊月，日子似乎就紧张起来。村子里鸡飞狗跳，到处都是热闹的气氛。尤其接近年关，"赶集"这个词就被绑嘴上了。大人，小孩，无不记挂着一件事儿——赶集买年货。腊月二十六，是故乡人赶集的日子，就像是固定的一样，所有的人都会挤进拥塞的街道，购买过年的各种年货。

那天，小孩一般哪里也不去玩，就待在家里等着。我要是瞅见爹和妈一起进屋，心就吊得老高。如果看见妈把她的枕头翻过来，手伸进去摸，心就跳得厉害了。我妈把一叠零零碎碎的票子递进我爹手里，我爹沾着口水开始点数的时候，我便伸着小脑袋三步两步跑到爹的身边，一声不吭地倚在他的身上，像只小狗般蹭来蹭去。

走吧！爹的话，就跟圣旨一样。

小尾巴似的跟在他身后，一步步黏着，跟着他去牛屋牵出老牛，再跟他到牛屋后边搬拉车轮子。那时候爹很有力气，一把抓起轮子，还能抡个转，乐呵呵地扛在肩膀上。屋檐下，爹把轮子放下，然后去搬靠在墙上的拉车架子。架子很沉，放得很陡，爹小心翼翼把架子一点一点往下放。

这时候，爹把轮子往前推，对准了拉车的槽子。他用脚踩稳，大约离槽子几厘米高的时候，用力往下一放，"咔嚓"，车架子稳稳当当地卡进槽子里。最后我爹还要握住两个拉车把，左右摇晃摇晃，确定架子卡结实了，才套上牛，让我坐上去。

集市不很大，东西南北各长不过二百米的十字街，乡里人都在这一天赶集，街道就显得格外膨大，挨着街道延伸了一大截子。各种叫卖声，相互交替地塞进耳朵。做生意的小贩一个挨着一个，东南西北四个方向，街道两旁全挤满了摊位。

随着赶集人不断增加，卖东西的小贩情绪开始高涨了，扯开嗓子大声地吆喝着，紧接着主动与赶集人攀谈起生意来。时不时听到调皮小孩子放鞭炮，"啪"一声，"啪"又一声。闹闹哄哄的声音，瞬间烘热了这一块不大的土地。

白菜、萝卜、粉条是过大年必备的。白菜、萝卜，会一麻袋一麻袋买回家，过年管个够。

粉条，是纯红薯加工的，颜色深暗，我爹揪了一点，放嘴里咬一咬，也会买上一袋子。大葱、蒜苗，自家菜园子都有，我爹在摊主的吆喝声中离开了。猪肉，就不需要割了，村里有杀猪的，乡里乡亲的，去买一些，那是个人情。

油、盐、酱、醋，还有门神画像，这是必须要买的。豆腐家里已经用黄豆换了许多，我妈做了豆腐干，藏在柜子里。香菇、木耳、金针，各买半斤，这是稀罕物，招待客人的时候才会泡那么几个。

爹说我，你再想想，你妈还交代了什么，有没有漏掉啥？

我站在爹身边，苦思冥想，偶尔想出一两样。爹便欢喜极了，说我闺女就是能，脑子好使！

所有要买的东西基本买齐的时候，我爹把牛车停在了路边，点上一支"白河桥"香烟，美美地吸上几口。看到路边有卖打糖的，让人家切上几块，瓜子秤上两斤，糖果也买些。我坐在牛车上，吃着爹买的打糖，那种带着苦涩的甜，至今想起，依然甜脆爽口。

穿新衣

儿时，家里有一台很值钱的缝纫机，凤凰牌的。据说当时是用票和钱合在一起才买到的，惹得村里好多人眼热。有了这台缝纫机，我妈就成了村里的风云人物。

进入腊月，大婶、大娘们胳膊窝夹着几块布，朝我家走来。看到我，老远就打招呼："你妈在家吗？"

"在家！在家！"不待我回话，我妈便从屋里跑出来。我妈的剪子很锋利，划粉也不知道从哪里弄的，床上的被子"呼啦"掀起来，便有了剪裁的地方。我妈斗大的字不认识几个，竟然能拿捏好尺寸，那杆尺子，她用得神极了。

一块块布料，妈都自己剪裁好，然后在大婶、大娘们的等待下，两脚踩起缝纫机下方的脚踏板上，"嗒嗒嗒"的响声，就像歌谣般悦耳动听。

村子里几户孱弱的人家，女人脑子不好使，不会做衣服，我妈都尽可能地帮她们，给她们的孩子做好过年的衣服。她说大人不管咋地都好，娃们过年了，得穿新衣的！

有时候，他们没有布料，妈就尽着给哥哥们做衣服剩下的布料，变着法做出一件件花衣服。

我们兄妹多，一般进入冬天，我妈便开始为我们准备新衣服了。手里宽裕的时候，她会去几里外的集上扯布料，兄妹几个各不相同。哪一年要是手头紧张了，她便皱着眉头，翻箱倒柜把哥哥们的旧衣服拿起来看了又看，最后便下了剪刀，"咔嚓，咔嚓。"将旧衣服给翻新了。

妈的手巧，什么活在她手里都不是活。她做的风雪帽带着披肩，戴在弟弟的头上，眼馋了一村子小媳妇们。我穿着绣花的棉鞋，戴着妈做的棉手套，在村里欢蹦乱跳。如今想起，觉得再美的光景，也抵不上那时的岁月。

作为家里唯一的女孩，一直占据着众多优势，在新衣服上也不例外。不管日子再苦，我妈都会买一块新布料，看着供销社时兴的衣服款式，参照着样子做，让同龄的女孩羡慕不已。

十一二岁的时候，日子已经有了改善。这时候，我妈只会给几个哥哥和弟弟拾掇新衣服。因为大年二十八，爷爷会从湖北丹江口的百货大楼给我买一件城里时兴的童装。

第一年穿上城里买回来的新衣服，欢喜得像只小猫，上蹿下跳，在村子里挨家挨户转。如今，满大街的牌子衣服，随便买一件都过千。无论羽绒含量多大，无论布料多好，少了儿时期盼过年的心情，一切都好像遥远了许多。

熬年儿

熬年儿，是小时候必须做的一件事了。年三十晚上，兄妹几个瞪着眼睛等着爷爷放下碗，然后，眼巴巴地看着爷爷从袄子里边的口袋里摸出一叠毛票。爷爷挨个发钱，三个哥哥和弟弟每人一毛。把我放在了最后，在几个哥哥羡慕的眼神中，爷爷给我两毛。

爷爷发完钱后，爹笑眯眯地上场了，他没有像爷爷那样明目张胆的偏心，他先喊我过去，给了我一毛，再喊哥哥们。虽然都给一毛，爹却是把我放在了最前边，哥哥们羡慕得咬牙切齿，说看把你美的，都惯成啥了！

初一是不能干活的，所以年三十晚上家里的杂活基本要全部干完。爷爷多一毛的压岁钱不是白给的，在他的吩咐下，一间间屋子扫，直扫得爷爷满意为止。爷爷爱干净，盯着我们兄妹几个洗脸洗脚，再把洗脚水打着花儿撒在泥土地上，屋里便显得格外干净了。

最后，妈把准备好的新衣服一件件拿了出来，给我们一个个换上，然后呼啦一下，兄妹几个撒着欢跑得没影了。

十二点迎接新年的鞭炮响起时，村子变得特别热闹。拿着手电筒到处捡鞭炮，是男孩子的专利。我像跟屁虫似的跟在哥哥们身后。哥哥们捡到带捻的，用火柴点了，啪的一声响，高兴得哈哈大笑。没有捻子的瞎火炮，用砖头砸开，把里边的炮灰倒出来，放在一起，划火柴点上，便发出"滋滋"的声音，发出亮光，耀眼夺目，煞是美丽。

迎岁的鞭炮虽然很短，但是家家户户都挨着放，感觉那声音能震醒在苦难日子中挣扎的乡亲们。也只有在这一刻，他们脸上才露出最灿烂的笑容。新的一年开始了，希望就在不远的前边。

大一点的时候，对鞭炮便失去了兴趣。和堂姐堂妹们一起打扑克，也是乐趣无穷。有一年的年三十，在大娘家熬年儿，他们新盖的三间瓦房，每间都安上了四十五瓦的灯泡，屋里照得亮亮堂堂的，我和堂姐堂妹三个人在西屋里打扑克，笑声不断，玩了几个小时，都想回家去了。可大娘从外边把门牢牢锁着，不让出去。后来从隔壁房间传来了堂嫂杀猪般的嚎叫，把我们几个吓坏了，但是干着急，却出不去。待到天亮，大娘才把房门打开，我们三个女孩才知道，一夜后，我们集体当姑姑了，成为一个小女孩的长辈。

很多年后和堂嫂说起此事，她捧腹大笑，笑弯了腰。如今，那个年三十出生的丫头已经出嫁了。我们几个当姑姑的也在岁月的漂流中，长出深深的皱纹。

熬年儿，熬了一年又一年。那些年熬得痛快，少年不识愁滋味，大抵便是那样。故乡的人也在不断地熬年儿中，增增减减。偶尔想起，心海起伏，难以平静。

又一年，年关将至。大超市就在家门口，不需要拉车赶集了；商场衣服的衣服琳琅满目，不需要提前购置了；剩下的熬年儿，也是各家各户关门看春节联欢晚会。

相同的腊月，相同的年，可是那种温馨和甜蜜，却沉在心底，任凭我怎么打捞，也找不到那种感觉了。

穿过生命散发的芬芳

我在山的脊梁上弓步而走，清风徐徐，瘦长的野草匍匐在山上，满山的抱茎苦荬菜不要命地开，白色的，黄色的小小花朵顶在纤细的茎上，山楂花、蔷薇花……各种花香像约好一样，翩若惊鸿地钻进鼻子，阳光恰好，恰好在头顶驻足。

我沿着山顶的路，穿过一簇簇散发着生命的花香，眺望遗落在远方的从前。

他第一次教我的时候，读小学。好笑的是他竟然也教过我父亲。我们兄妹几个，基本都是他的学生。因了这层关系，他对我特别好，捧在手心里宠着。

有时候，他开玩笑说我是他的小女儿。他说我长得和花儿一样，像百灵鸟一样伶俐。上课的时候，他瞪着眼睛，严厉得要命。下课了，像变了天似的，又拿着绳子和我一起跳。

放学则是拉着我的手，沿着同一条路回家，直到分道的那个三岔路口。

118

那年秋天，学校要交勤工俭学，他跟着我走在田野，满地乱窜，害得小伙伴们都不愿意和我一起。而他则是咧嘴一笑，说是怕我捡得多了，提不动怎么办。我无语而笑，这么一个幼稚的借口，让他整个下午跟屁虫似的黏着我，只要我弯腰捡起一株黄豆，都能得到他不惜吝啬的一句夸奖。

后来，他调到镇上的中学，留下我长长的思念在风中飘。

他再次教我的时候应该是初二了。初中分重点和普通，原来是有一墙之隔的，他在普通中学教，我在重点学校读，初二的时候两校合二为一，谁教我们大家并不知道，上课的钟声响后，当他拿着三角板迈着稳健的步子走向讲台，可把我吓傻了，傻愣愣地看着他。

看到我的第一眼，他也待了下。眼睛里自然而然流露出的疼爱似乎没有减弱一分，他朝我示意点头，我恍恍惚惚，机械地随着大家起立，坐下。

那一节课讲的是什么真的不知道，心咚咚地跳，脑子里除了激动还是激动，怎么也没想到，他会再次教我。

那天放学，他就让我去他宿舍吃饭。我去了，再一次感受到他父亲般的爱，像是做了一场梦。好像没有教我们多久，他病了，脑袋里长了不好的东西，动了手术在家调养

我去他家看他的时候，他还是笑，眯着眼睛笑，欢喜地对师母说小女儿回来了。他拉着我的手，问长问短，还和我一起回忆了小学捡黄豆、挖红薯的情景。

然而，命运就像一把无形的刀，狠心斩断了我们之间的联系。他去了另外一个世界，我想要找他，却没有方向。搬迁以后丹江涨水了，他的坟头淹没在水里，我们想要给他送点零花钱，都不知道入口在哪里？

如今，山花烂漫，我一个人走在山脊上，遥望丹江的方向，身边有

风吹，有花香。这个场景好像当年我们一起回家的样子，那条小路旁也长满野草和鲜花。

他曾经对我说，做人要有善良的心，宽阔的度，坚韧的骨……只有穿过这些开花的生命，才能走得更高更远。我记着，且努力按照他说的去做。

三月十五的会

从来没有哪一个数字比这个数字更有冲击力，也从来没有哪个数字让我刻骨铭心。唯有三月十五这个数字，让我日日惦记、时时念想。

农历三月十五，是故乡的"会"，它不是节日，却是每年固定的赶集日子。

故乡周围的集镇都有自己的"会"，我不知道这个所谓的"会"是谁指定的，也不知道从哪年开始的，但是"会"基本都是在春季，谷雨后，小满前，正好是播种栽苗的时节。

三月十五那天，街上人山人海，一眼望不到头。每一条街道上都支满大大小小、高高低低的货物架子，搭起一个又一个摊位，各种生活用品都有自己特定的位置。花花绿绿的衣服是女孩子和妇女们的最爱，拿一件又一件，看一件又一件，爱不释手；男人们则蹲在农具摊前，敲一敲犁铧，摸一摸镰刀、木杈、木锨、扫把，这些都是麦收打场用的必需品，得趁着"会"置办齐全了。

在拥挤不堪的摊位中，加塞儿般落进一两张小方桌，卖粽子的大婶嗓门特别大，她坐在一个煤油炉后，炉子上放着一铁锅，锅里冒着烟气，飘出一股股香甜。那味道很诱人，只要闻到，肚子便不争气地发出"咕咕咕"的叫声。

看到这样诱人的锅子，我就再也迈不动脚步了，拉着母亲衣角的手不由增加了几分力度，眼巴巴地望着母亲。

粽子极其简单，竹叶把糯米包成三角形，煮熟即可，吃的时候放在碟子里，挖一小勺白糖，倒在粽子上，趁热融化，白糖浸入粽子后，用筷子夹起，咬一口，满嘴香甜。

刚吃过香甜的粽子，拐过街角，又听到炸油条的吆喝声。大油锅支在十字街的出口处，炸油条的大叔生怕吸引不到客人，扯着嗓门大声吆喝着："卖油条啰——卖油条啰——"

面案子上摆着白得亮眼的面团，他揪了一块，"啪啪啪"用手拍平，拿着刀子"唰唰唰"剁成几段。拿起一段，两只手像摔花一般，面段被他摔得像筷子那么细，有一米那么长，然后两头攥在一起，那细细的面条便自动缠绕一起了。

明晃晃的阳光下，筷子细的面条便成了一条麻花，再缠一遍，一甩手丢进了翻腾的油锅里，顿时响起了"糍啦啦……糍啦啦……"的声音。油锅里滚动的麻花油条，像小船一样从锅底浮出油面。

锅旁边的大婶拿着大火钳子一个个夹了起来，翻翻个，继续炸，直到炸得焦黄焦黄的，让人垂涎欲滴。

童年时去"会"上，纯粹是为了那一口吃的，满足了食欲，这个"会"便赶得有意义了。

少年时去"会"上，已经不需要依附在母亲身边了，怀揣着父亲给的零花钱，五毛或一块，和村里的同伴一起闻着香气寻找过去。

长大以后，吃似乎变得俗气了，街头的衣服成了主要对象，发现哪件好看，就急不可待地拿在手中，躲在卖衣服专门用来遮挡的被单子里边试试，然后羞答答走出来，在卖家大惊小怪的惊叹中，喜得不能自已。

同伴们会带着审视的眼光，让左转转，右转转，再背过身去，这就算欣赏完毕了。接着便是讲价钱，砍价是买衣服最重要的环节之一，能不能以最少的价钱买到最合身的衣服，就要看谁更精明了。

再后来赶"会"，父亲母亲由于农忙就很少去了，他们把买木杈、木锹、镰刀、锄头的任务交给了我，并交代了一系列选购好家什的琐碎细节。

镰刀要看刃的厚薄，锄头要看弯的弧度，木杈只要不歪不斜即可。扫把如果是用来扫院子，就不讲究那么多了，如果用在麦场就要讲究多了，扫把头不能太尖，不能太厚，不能太圆，头要稍微薄些，只有这样的扫把，打麦场时才能彻底干净地扫去麦秸碎渣。

那年情窦初开，和几个要好的女友一起去"赶会"。看到一算命的，按捺不住心里的窃喜，做贼一般坐在身边竖着"大仙"的牌子前。长着山羊胡子的算命老头，让我伸出了手，看了看我的左手，又看了看我的右手，最后还看了看我的小脸，没有马上说话，沉默半天。

看他神秘的样子，紧张得手心里都是汗珠子，脸红得像傍晚的夕阳，心"砰砰"跳得厉害，眼睛一眨不眨地盯着他的嘴，生怕漏掉他要说出来的每一个字。

算命老头不紧不慢的，眯着老眼摇晃着头，吐出来我一辈子也不能忘记的一句话"姑娘命薄，一辈子两片好嘴会呱嗒！"

一听这话，我的美好幻想就像就被扎破的气球，"啪"的一声荡然无存了。

"会"上奇奇怪怪的东西太多了，想到的东西有，没有想到的东西也有。玩把戏的，他们双手合拢，打着哈哈，和书中跑江湖的一模一样。

牛行里，拴着大大小小的牛，那些人讲价钱都在袖筒里，说哑语似的，让人捉摸不透；猪行里，小猪娃哼哼唧唧。挎着篮子的大叔大妈，揪着看好的一个，丢进缝了遮挡布的篮子里，满脸的欣喜。

后来，离开了故乡，再也不曾赶过会。据说故乡三月十五的"会"依旧还存在，只是再也不像从前那么热闹了，几个卖食品的摊子孤零零地摆在街头。

当年四处可见的木杈、木锹、扫把不见了踪影，锄头、镰刀还能看见，只是经过改良后变得更加精致了；至于花花绿绿的地摊衣服，更是无人问津了；我曾经馋得要命的放糖的粽子和麻花油条，也只能在记忆里去找寻了。

苗事

早上，被一阵阵布谷鸟的叫声唤醒，循着声音找去，却不见了那些精灵，唯有"咕咕咕"的叫声弥留在耳边，怎么回味都不够。

在街头走着，看到一个大爷推着三轮车，车上摆着一把一把的青苗。按捺不住喜悦走近三轮车，熟悉的不能再熟悉的青苗赫然出现在视线中，辣椒苗、红薯苗、茄子苗、西红柿苗，还有一把南瓜苗……看着这些苗子，那些经年的苗事，一股脑出现在眼前。

故乡多苗事，谷雨前夕便开始了。年后下的苗子，大都五六瓣叶子，是时候该栽苗了。天刚麻麻亮，我妈便挨屋子喊，喊了大的叫小的，最后兄妹几个一个不剩的全部起床，挑水浇苗，濡湿根部，待苗根湿透，便开始薅苗子，薅了一筐又一筐。

吃过早饭，太阳还没有露头，踏着春日的晨露，迎着沟沟坡坡的野花，土地忽然热闹起来。村里人你叫我，我喊他，隔着地块都能听到惊天动地的打招呼声。有甚者，捂着嘴巴吹口哨，鸡鸣、狗叫、牛哞、羊咩……

年内犁过的土地，在栽苗前又被我爹吆喝着老牛犁了一遍。犁两遍，耙两遍的土地变得松软无比，抓一把攥在手心，犹如面粉一般，顺着手指缝落下来。

要栽的苗子有多种，烟叶株距行距都大，栽一棵迈一大步，算是比较轻松的苗子了。红薯苗省事，一垄一垄有间隔，株距也稍远，一根木头把一头削尖，形成锥状。一手拿着红薯苗，一手拿着木橛，用力把木橛插进土地中，摇一摇松一松，赶紧把一棵红薯苗顺着缝隙插进去，拔起木橛子，带出的土顺势落下，正好填住红薯苗的根部，并且留下一个土窝，刚好浇水，最后敷上一层干土

棉花苗太金贵，根部的泥土千万不能脱落，不然这棵苗就死定了。大家往地里运棉花苗的时候，不敢用篮子装，把苗子放在平面的物体上边，轻手轻脚的运送到地头。

谷雨前要栽的苗子太多，因为过了谷雨，苗子就要扎根了，所以趁着还没有扎根，赶紧栽进土地中，谷雨后它们便可茁壮成长。

移栽青苗程序多，要属辣椒苗最费事。故乡人侍弄辣椒苗，比伺候孩子还细心。在平展的土地上，先用锄头划出一道道浅浅的沟壑，隔间一尺左右。特别精细的人家甚至拿绳子绷成一条线，这样栽出来的苗子，一眼看过去，笔直笔直。

行距出来了，还得挖土窝，在锄头划过的行里，间隔一尺左右挖一个土窝。整体看去，行距一尺，株距一尺，基本都是这个标准。在挖好的土窝里栽上一棵辣椒苗，用少许碎土敷上，后边还有一个浇水的，一棵苗半瓢水，待水全部渗入辣椒苗根部，再敷上一层干土，俗称"封窝儿"。如此便是栽一棵辣椒苗的完整过程。

春季栽苗，无论家里有多少人都不够使，小孩拿瓢浇水，老人封土窝儿，家家户户大人小孩倾巢而出。

谷雨时节，豫西南广袤的土地上散落着许许多多或蹲，或坐，或跪，或弯腰的乡亲们。这样的日子，差不多要持续二十天左右。苗子还没有

栽完，一个个手指肿得老高，胳膊累得抬不起来，两腿沉得迈不动步子。

栽苗期间，挑水是重活，最初全是肩膀，男人们从池塘或河里把一担担水挑到土地里，再一瓢一瓢浇到苗子上。一天不到肩膀红肿红肿，无论多疼都要咬牙忍着。傍晚收工回家后用烧酒洗一洗，睡一觉，第二天继续挑，直到把苗子栽完为止。

后来，不知道谁想出一招，把装汽油的大铁桶放在牛车上，上边破开一个口，装水用，下边那个出油的小口处，绑上一个小水管，用来放水。铁桶能装好几担水，牛车能赶到地头，如此一来，挑水的距离就大大缩短了，

再后来，有了手扶拖拉机，浇水就更方便了。乡亲们去镇上买上几卷塑料薄膜，把薄膜弄成桶状，一头用绳子狠命扎紧了，放在车厢的一头，另外一边的口子留下，两个人站在车帮上撑着薄膜，从机井里抽出的水，像银色巨蟒从空中打个转，呼啦啦地钻进薄膜里，直到把桶状的塑料薄膜装满，鼓鼓囊囊如同气泡，再用粗大的绳子把口子扎牢靠，挂在拖拉机前边的横梁上。

拖拉机开到地头，放在地势高的地方，一根长长的水管子插在装水的地方，有力气的人拿起水管子，张开大嘴抱着管子用力一吸，水便打着欢儿从水管子里涌涌而出。站在地中间的人看着扁平的水管和蛇一样滚动，赶紧把水管子放进水桶里接水，一人接，一人拎着水桶浇苗子。

更省事的，则是拿着水管子直接对着苗子根部浇水。从此，故乡的男人便彻底放下了扁担，结束了挑水浇苗子的历史。

自从当年离开故乡，苗事也变成了往事。

每每见到街头的苗子，便想起那些匍匐在土地上的乡亲们，如今苗子泛青，谷雨将至，他们又要开始新一轮的苗事了。

我不知道现在栽苗的技术有没有新的突破，但是我心里的苗事，却是汗水和着泪水，赶时节栽苗，让乡亲们格外劳累、疲惫，也带来了一年又一年的希冀。我喜爱那些青苗儿，也心疼他们。

最深的感动

一

每个人的生命中，总有许多许多影子留在心上，像风干的花朵，尽管少了曾经的馨香，却永远保存了当初的样子。

故乡有一家人，母亲傻，却生了三个聪明的孩子，两个女孩没有读几天书，她们在奶奶的照顾下，刚刚能拿动锄把的时候，便开始下地干活。女人太傻，什么也不会做，男人有时候会恶狠狠地凶女人。两个女孩总是和他对抗，说如果再骂她们的妈妈，她们就带她走，再也不会留在这个家了。

两个女孩嫁人后，轮流把傻子接到她们家住，给她洗脸梳头，一日三餐把饭做好盛好，放在傻女人面前。男人说一个傻子妈有啥稀罕的，女孩说没有傻子妈哪里有我们。

村里人提起傻子，都说傻子有福气，养了如此孝顺的女儿。女孩说她们给孩子母乳吃的时候，就会想当初傻子妈也是这样把她们喂养大的，她们心里有母亲最美的样子。

二

她十八岁的时候特别叛逆，想开一家服装店，就回去问父亲要钱。她以为在父亲的孩子中，只有她是亲生的，父亲一定会答应她。没想到她刚说出口，父亲就吞吞吐吐地说她哥哥要结婚了，肯定需要一笔彩礼，家里的钱如果给她了，那她哥哥的婚事怎么办？

哥哥是母亲改嫁带过来，父亲说要一碗水端平。为了那一碗水，她愤愤地离开家乡。她想不通，从小到大无论什么事，父亲都要站在哥哥一边，哪怕她和哥哥吵架，父亲也是先骂她。

她哭着离开家，去了百里之外的小城，在一家地毯厂织地毯，发誓再也不回去了。半年后，父亲终于找到她，从扎着草绳的袄子里摸出三千块钱。父亲瘦骨嶙峋，眼眶深陷，饱经风霜的眼睛看着她，那笑里全是溺爱。

她的服装店开起来没多久，父亲查出来肝癌。她不顾父亲的阻挡，把服装店盘出去，连同赚来的钱，全部送进医院。多少钱也没有保住老人的命，埋葬父亲后，她远走家乡去打工。

从此，她再也不做和服装有关的生意，说只要看见起衣服，就会想起父亲的样子。并不是心里有阴影，而是父亲的爱，让她无法淡定，那种深入骨髓的宠溺，每每想起都很心疼。

三

老家邻居患股骨头坏死，无法走路。每天早上，他儿子都会推着轮椅，把他推到门口，对着太阳晒暖。那孩子已经快三十了，依旧孑然一身。旁人劝他出去打工吧，反正你爹已经这样了，你再这么耽搁下去，将来万一娶不到媳妇咋办？

那孩子腼腆，白净的脸、瘦弱的身子，每次听到旁人这么说，他都抿嘴一笑，说我爹需要人照顾。说完这句后便转身回屋，扫扫地，擦擦桌子。不时抬头看看太阳，感知温度。觉得热了，又赶紧出来把他爹推回去。一日三餐，做好端到饭桌上，日子就这么一直重复了好几年。

去年冬天，下了两场大雪，太阳出来后，人们便慌忙把被子扛出去晒。我从楼上把被子拿到外边，累得气喘吁吁，再也没有力气把厚重的被子放到两棵树之间的绳子上。正好被那孩子看到了，一个箭步出来，帮我扛起了被子，瘦弱的身子似乎长满力气。

我笑，抬起头来看他，他立在树下笑。

尽管是冬日，香樟树的叶子依旧茂盛，枝叶摇摇，太阳把它的影子送到我脚下。于是，我的心儿也跟着轻轻颤动。那孩子的笑深深印在心里，像春日的花、夏日的草，不管什么时候都是那么美，仿佛时光里的涟漪，植入心灵。

子吟

一

　　夜已经很深了，我侧身躺在母亲脚头，听着她发出的呼噜声。生病的母亲呼噜不但粗重，而且还带着拐弯儿，她呼噜的后边有细细的吁吁声音，有几次吁吁声断了，那一声长长的呼噜声便没有了下文。我吓得魂飞魄散，赶紧爬起来，悄悄地把手放在她的鼻子前，测试呼吸是否正常。

　　母亲的呼噜像一台陈旧的拖拉机发出的声音，也像枯竭的苞谷秆子被风吹一样，噗噜、噗噜的，让人联想到苍老和沧桑。

　　我睁着两只毫无睡意的眼睛，盯着门的缝隙，病房外也有窸窸窣窣的声音传进耳朵。我能听出来，窸窸窣窣的声音来自医院旁边的那棵大杨树，那是风吹叶子的声音。

　　下午登记完住院手续，陪母亲上厕所的时候，我看到它了，虽然杨树的叶子已经脱落大半，但剩下的枯黄依然坚强地挂在树梢，在以白色为中心的世界里，偶有一种其他颜色，让我感到格外亲切。

我们居住的病房在五楼，直觉告诉我，这棵树一定有些年头了，或许这座医院建成的时候，它也栽下，并且生根发芽。可是它被栽在两栋楼房的拐角处，两栋六层的高楼堵截了紫外线，它吸收的阳光很少，可为了存活，为了成长，不得不卖力的拔高自己，以至于现在已经高出了六楼的楼顶。

我甚至天花乱坠的想，当初医院栽这棵树的园丁或许有更深一层的意思，可能是为了让生病的人看到这棵夹缝中的杨树，有多么坚强的生命力，用那种顽强不息来鼓励、激励病人的斗志和求生的欲望，应该是这样的吧！

二

给母亲抽血的护士很漂亮，年轻的女孩洋溢着青春的活力，她手脚麻利，嘴巴也勤快。针尖扎进母亲的血管，她惊呼，阿姨生活一定很好，您的血脂稠得把针尖都堵住了。

母亲瞅着护士憨憨笑。生病后，母亲很少说话，要么淡淡一笑，要么一言不发，我发觉她的眼神没有往日精神，更没有从前的精明。

记忆里母亲是个会过家的女人，她性格大大咧咧，尽管大字不识一个，却精通数字。上街买菜，能把分分毛毛算得清清楚楚，小贩缺斤短两的事情，都逃不过她的火眼金睛。

可是母亲这次发病后，整个人都变了。医生测试她反应的时候，跟她说三个词"红旗、皮球、自行车"，然后立刻问她记得什么？母亲说了一个"红旗"后便紧闭嘴唇，她哆哆嗦嗦的抖动着嘴唇，想把下面的两个词说出来，可说出口的却是"记不得了"。

为了进一步检测母亲的病症，医生问她："100-7=？"母亲傻傻地说等于70。

医生又问"70-7=？"曾经精明的母亲竟然张嘴就说没有了。

医生再问"8-5=？"母亲脱口而出，干脆利索地说："没了，没了。"

旁边的哥看我一眼，我也看他一眼，兄妹俩眼中不自觉地蒙上一层水雾。父亲打着哈哈对医生说："她不识字的，不识字的。"

母亲不得不又住院了，自打去年脑梗死后，这是第二次梗死了。医生说幸好发现及时，堵塞了一点，刚好堵住了智力的部分，所以反应迟钝了。后又安慰我们，不要紧，疏通几天，就没事了，医生的话给我们吃了定心丸。

我站在病床旁，看着一管一管的血从母亲的血管里抽出来，心很疼。

三

小舅来看母亲的时候，母亲没有像去年那样哇哇大哭。她依旧不说话，只是对小舅笑笑。小舅扭过头，眼睛通红。

母亲问他咋了。

小舅说床前的花篮真好看，花儿真香，大姐都不像是住医院了，这儿和花店一样美！

母亲看着花儿，眼睛里泛出莹莹泪光。我躲在窗外抽鼻子，母亲活到六十多岁，这是第一次收到鲜花，送花的是表妹，她是大舅的女儿，而大舅在一百天前患癌不幸辞世。母亲姊妹八个，她是长女，大舅是长子，如今外婆的长子不在了，长女住进了医院。我想，母亲的心很疼，肯定很疼。

输完液出去吃饭的时候，小舅拉住了母亲的手，他像个孩子一样晃动着我母亲的胳膊。马路上车来车往，南来北往的人流急急匆匆从医院门口走过，没有人会回头看他们兄妹一眼。我跟在他们身后，拉拉脖子上的围巾，试图增加一点温度，抬眼的瞬间，看到父亲和小舅妈的眼睛都湿润了。

小舅是母亲姊妹八个中最小的一个，他只比我的大哥年长四岁，也许在母亲心中，小舅就像她的孩子一样。也许在小舅的心中，他大姐就像母亲，是啊，长嫂比母，长姐同样也是母！

四

经过两个星期的住院治疗，医院的结账小票开了一小堆，每天显示的都是一个吓人数字。大哥在湖北工作忙，二哥在平顶山生意忙，弟弟守家也忙，电话里传来的殷殷问候，母亲没有太大反应。她依旧是表情淡淡，淡淡地说自己好了。

同一个病房的病人问母亲几个儿子。她似乎不迟钝了，不对路地回答，娃儿们都忙呢！

翻弄着手机，胡乱搜寻网页，却意外地看到白居易的《燕诗示刘叟》"梁上有双燕，翩翩雄与雌。衔泥两椽间，一巢生四儿，四儿日夜长，索食声孜孜……"

我想到我的母亲也育有四子。母亲的儿子们在电话里不停地嘱咐，好好治病，千万不要怕花钱，治好再回家！

是啦，母亲的儿子不缺钱，我的兄长们家财万贯，可是在这间小小的病房里，我们苍老的母亲孤独地躺着，陪在她身边只有吵闹一生，守候一生的老伴。

医院的抢救室门外，有哭声传出，又一个抢救无效的老人去世。在家属的哭声中，我听到医院拐角处那棵大杨树呼啦啦的声音，如哭如诉，悲戚切切！

我家有子初长成

一

前几天儿子发给我几个他书法获奖的截图，言辞中带着些许得意。我欣慰的同时，少不得敲打几句。奈何人家长大了不听劝，说实力摆着不获奖都不行。

如今想想，特别感谢孩子的书法老师，当年我在家里好说歹说，儿子就是不去学习书法，只好给老师回电话说孩子不去，老师让我把儿子弄到她家就行，余下的工作由她来做。

说来也奇怪，那个晚上把儿子送到了她家，她和儿子单独在书房里呆了一会儿，没过多久，儿子一蹦三跳地跑出来，兴奋地说要学习书法了，把我惊吓得一愣一愣。

从此，儿子开始了他练习毛笔字的生涯，那年他八岁。

每个星期天，儿子都要去学习书法一天，暑假一个月，寒假半个月，其他节假日也没有闲着。刚开始照着字帖练，先是用草纸压在字帖上，用圆珠笔描下来，再用毛笔沿着描下的痕迹写。每次回来，脸上、手上、身上都是墨水。

还好，在不断的练习中，儿子的兴趣也随之提高了。每每提起书法，他都骄傲地说自己临摹的可是王羲之，那是书法大家。

我曾经去旁听过书法老师的讲课，不得不说在教育孩子上，她有独到的经验，把赏识教育法用得灵活自如。用她的话说，只要是送到她家里的孩子，经过她的一番谈话后没有一个不爱书法的。

有一个姓王的孩子，被他父亲送来后哭着要回家，他爸怎么哄都不行，气得对着孩子屁股就打，书法老师气哼哼地说："他是我的学生，怎么能让你随便动武呢？来，孩子，咱们俩好好说说话！

没几分钟，那孩子一如当初我家孩子那样从书房里蹦了出来，拉着他爸的手，说要好好练习书法，将来就是第二个王羲之！弄得他爸云里雾里哈哈大笑着离去了。

在书法老师那里，我学到了很多育儿知识，那是教科书中学不来的。

二

书法班，每年有一个义务写春联活动。儿子是六月份去学习的，到年底也才学习了几个月时间，按我的意思，头一年孩子学习的还不行，就不参加写对联活动了。

我的想法被老师打击得五零四散，她像看外星人一样看着我，说别人都希望自己家的孩子去写对联，锻炼锻炼，你怎么搞的，竟然拖后腿？她说自己的学生，几斤几两清楚得很，写对联必须去，到时候你拿回去贴到门上，看看能得到多少人的夸奖？

那年我做义工，帮老师把桌子板凳弄到街头，帮忙把横幅挂好，帮忙给孩子们铺平纸张。就那么一瞬间，围在孩子们身边讨要对联的市民就排成了队。

那次我算是大开眼界，一拉溜几十个孩子，左手按纸，右手握毛笔，蘸了蘸墨，目不斜视，一笔一画写得有模有样，每每写好一幅，就被等着的市民抢走了。

原本以为我家孩子写的时间短拿不出手，却不想我家儿子挥毫泼墨，运笔有力，得到许多人的赞叹。

学习了几年后，老师把儿子的作品投稿出去，不仅市里的奖获得几个，而且还获得了省里的奖项，最让我感到兴奋的是初中一年级时，我家孩子的书法获得了国家级的奖项。

荣誉证书像雪片一样飞到老师家里，看着孩子稚气的脸上挂着笑容，我感觉到一种无比的自豪！

书法老师说，我家儿子的各种奖项已经达到申请省书法协会的资格。初中三年级的时候，我帮孩子填表递交了申请，遗憾的是孩子岁数太小，十五岁还是少年，不能正式加入省书法协会。

老师说，别急，咱们的实力摆着，无非早晚而已！

我粲然一笑，只要孩子喜欢，还有什么不满足呢！

三

屈指一算，儿子练习书法整整十年了。这十年他经历了青春叛逆期，在家和我顶嘴，在书法班和老师闹腾。有一次老师给我打电话，说你必须得严管孩子，不然这样下去孩子就废了！

听罢，我揪心的难受，在这个孩子身上，我心存愧疚。当年因家境窘迫，孩子两岁的时候，要出远门打工赚钱，不得不把他放了母亲家。这一走就是整整四年，孩子读小学的时候，才把他带回到自己身边。

没有陪伴孩子的成长，错过了呵护他的童年，为了弥补母爱，有时候我就放任他娇惯他，没想到这些不好的习惯，借着青春期竟然蓬勃而发了。

那次我终于狠下心，拿起扫把把他狠狠地打了一顿，他竟然气呼呼地想要和我对抗，我无奈地坐在沙发上流泪不止。

儿子看我落泪，这才意识到自己犯错了，跪在我面前连连道歉。

那段令他迷茫的令我痛苦的青春期，一直延续到高二。贪玩影响了学习，他的成绩很不好，我不知道该怎么办，想让他复读一年，却拗不过他。

高三的时候，儿子安慰我，说不管啥样的大学他肯定能考上的，凭他的能力将来会闯出个样子！还拿了很多例子举证给我，说某某当初上高中的时候，成绩也不咋的，最后还不是考上了。

这样的故事，儿子不说我也知道，但是可怜天下父母心，哪个父母不想自己的孩子成绩斐然！说一千道一万，孩子的路还得他自己走，作为母亲，虽然很焦心却无可奈何。

去年儿子考上一所很普通的大学，尽管我的心有些失落，但是儿子欢喜地去上学，我还能说什么呢？

离家几个月，孩子明显变了，隔三岔五开视频说想老妈了，还说和同学开玩笑说自己的老妈是四十岁的年纪、三十岁的容貌、二十岁的心态。我笑了，发自肺腑的笑，只要儿子身心健康，还有什么比这更重要！

儿子的书法特长在大学充分显露出来，比赛屡屡获奖，学校把他的作品推荐到省里参加比赛。

书法老师打来电话说儿子的省会员批了，让我再去填个表。

我去老师家里，和老师交谈很多，她乐得不行。特地把我儿子和她的聊天记录让我看，儿子每句话里都在感谢老师，说没有老师的辛勤教导，就没有他今天的成绩。

　　走出老师家的时候，夕阳泼在地上，映出一层红霞。有不少家长送孩子来学习书法，看着蹦蹦跳跳的孩子，看着院墙下盛开的小花儿。我想，几年后眼前的孩子也会和我的孩子一样，对老师深深地鞠上一躬，真诚地说一句"一日为师，终身为母！"

一二三四五

母亲节，打电话给母亲。接通电话的第一句，母亲说，你啥时候来接我。

心里莫名一震，停顿两秒后我回话："您再住些天，过一个月就去接您。"有了一个数字，母亲似乎安心了，她说没事就挂了。

母亲是五月一号被侄儿侄媳接去平顶山的，算到母亲节才十三天，她却又想回来了。我说您才去住几天啊，怎么就着急回来了呢？

母亲说来很多天了，一二三四五……电话里我听到母亲查数的声音。

旁人看见我，总是说你妈多幸福啊，儿子女儿都孝顺，这个城市住罢去那个城市住。

我也觉得母亲很幸福，虽然父亲不在了，可是兄嫂们都争着接母亲去住，好吃好喝供着，没人给她脸色看，口袋里始终装有零花钱，衣服一年四季都买新的，就算不能和城里有退休工资的老太太比，但是与乡下的老人们而言，母亲真的是晚年享福了。

可是从母亲的言语中，我感觉不到她的幸福。她整天在我面前叨叨，说她像浮萍一般，没有根，没有家，她觉得她是孩子们的累赘，她的时间在不同的城市里逐渐消失。

她时不时地说想回家一个人住，自己做饭，自己洗衣，她觉得自己能行，完全可以独立生活。事实上母亲确实不能一个人独立了，自从她脑梗后，脑子就迷糊了，常常把锅放在液化气灶上自己出去，等到她想起锅底已经烧煳了。

母亲性子太倔，就算生病后依然不服输。她争强好胜，我说不让她干活，她好像没听见，依旧自顾自地去做了，最后我还得再去把她做的活重复一遍。

为这个事，我一再交代，让她什么都别做，等着吃饭就好了，老人就是要儿女把饭端到饭桌上，有人伺候不好吗？

母亲说不好，然后便不高兴地说让我把她送回去。

这就像一个连锁反应，母亲就站在那个锁扣处，等着我说。她便急急接这一句，不管我怎么对她，她始终纠结我是嫁出去的女儿，住在我家她是走亲戚。

有时候我会给母亲讲，一个人年轻的时候，以父母所在的地方为家。当一个人老了的时候，应该以儿女所在的地方为家。母亲似懂非懂，她想说什么，终究在我所谓的大道理中沉默。

其实我心里知道，母亲的幸福在哪里，她的幸福就是要住在她的家里，那个家在乡下，在村子里。

母亲只有回到乡下，坐在自己家门口，看着来来往往的乡亲们，响亮地打一个招呼，迎着日出，看着日落，这样的日子对她而言才是顺畅的，舒心的。那个时候母亲脸上挂着笑，余晖落在她身上，好像都长出了快乐的脚，爬满全身。

尽管三顿饭仍然是我做，但是对她而言却不一样，我在她家里给她做饭，似乎天经地义，日子好像就应该是这样过的。

现实很残酷，我和兄长们不能陪着母亲长久的住在乡下。我们必须离开那个地方，在更为广阔的天地打拼。母亲能理解，可是她的心却始终融入不到闹哄哄的城市，不论住多少天，她都认为自己是过客。

去平顶山二哥家住，母亲已经说了多次。我不得已才给二嫂打电话，当天下午侄儿侄媳开车来接母亲。她欢喜地去了，我以为这一次，她能住许多天的。

我的一个问候电话，又引来母亲回家的渴望。隔着电话听到母亲沉沉地叹息，她说自己老了，是个废人了，什么活也干不了。

我想再给她讲讲道理，我们都不需要她做什么，想了想也没有说出口，这样的话不管说多少遍都不起作用的，母亲是守着土地过日子的，她每时每刻都在劳动，只有在土地上，她才能感觉生活有意义，只有干活才能体会到自己的价值。

而今，儿女们不让她干活，她陷入迷茫之中，觉得日子不是这样过的，幸福也不是这样的。

母亲终究是老了，她的思维、她的逻辑沉浸在自己的意境当中。我们看着，心疼着，却无能为力。我们能做的，就是她想去哪个孩子家，就急忙把她送过去，她想回老家了，带她回去看看，然后再回到她不喜欢的城市里继续生活。

一二三四五，母亲有五个孩子，她有五个家，可是这些家，母亲说都不是她的家。

第四辑　以温柔的心对红尘的爱

花开的地方，升腾着美丽的烟，连接诗和远方。诗是表达思念的最好方式，而我却忘记了写诗的格式。唯有一些事，值得纪念，值得期待，值得写意。

茶山行

去茶山，与诗词协会的文友一起，不为品茗，只为春日的绿。茶树长在毛堂乡龙山上，山不高，没有云雾缥缈之感，也没有高耸入云霄之奇。入眼的便是绿，满山遍野的绿，几千亩茶园就这么青翠翠地闯进视线。

诗书里看到的茶，多长在南方，润湿之处，山之巅峰，长年云霞雾蒸，很是诗情画意。和我眼前看到的茶山有大区别。这里的茶树长于海拔并不高的山坡上，一排排，一行行，沿山而栽，形成半圆形，攀附在山腰上，遥遥望去，像蜿蜒逶迤的蛇，盘山而卧，虽然不够气势，却厚实的很，给人平和之感。

山脊一条路，把茶山分割两边，于是这条路便构成一种升高的度。站在路上，无论往哪边看，都是绿，嫩芽尖尖细细，像古时娇羞的少女，含露欲滴，俏生生站在枝头。我想抚摸一下那纤细的腰肢，唯恐惊吓纯美的灵魂，就这么与之相望，把红尘里的茶事端入纸上。

散落在茶山的采茶人，踏着刚刚返青的草，背着晨雾，弯腰，伸手，大拇指和食指相互触碰，对准嫩芽，便有一对纤弱的细芽捧入掌心。不断重复的动作中，把一对一对的嫩芽采摘到竹篮里。

千亩茶园，正是采茶时节，太阳还没有露头，绿莹莹的茶园中已经散落了许许多多的采茶人。青年妇女特地穿了采茶的服饰，挎着篮子，一双纤纤玉指飞舞在葱茏的嫩叶上，似是挽花，又似素描，把茶山点缀得喜气洋洋。

扛着相机的摄影人，蹲下又站起，一会远拍，一会微距，镜头下，那些倩影笑得欢喜，把茶山都染上了颜色。留下一张又一张唯美的影像，与茶一般，带着清香雅韵。

采茶大妈穿的朴素，黑发与华发对半，脸上皱纹纵横，眼睛却是含笑的，她粗糙的大手落在精细的嫩芽上，有瞬间的触动感。她笑着说现在没有多少活，闲着也是闲着，上山采茶，不仅有收入，还能锻炼身体……她的笑，如晓风拂面，让人心生愉悦。

山脚下，一座座小楼矗立，白色的墙壁，在红绿相间的山下，宛如星辰。

沿着茶山走，一树一树的松花，正优雅地沸扬。飘飘絮絮的花粉散布在满山的茶树上，那茶树上，便粘上了松花的味道。两种植物像亲密的情人，相拥相依，把一架又一架的山，构建得葱葱郁郁，生机盎然。曾经的石漠荒山，眨眼间成了从前。

两口锅，泛着油亮的泽，那些长在茶树上的嫩芽，仿佛穿越时空，不早不晚落进锅子，温度下，它奋力转动，许是抵御，许是欢喜，许是炫舞……它在炒茶大叔的手下翻飞，那些滴翠，少了水分，扁平的身体，像是练了一世的瑜伽，挺起的身子，直立，又直立，最后驻扎成一方山的魂魄。

捧起那些略带涩涩的茶叶，放在鼻尖，闭目感受，灵魂中便存储了这些，一种植物从诞生到成熟的每一个细节与过程。这其中要经历三个季节，多个节气，还要经历热锅的考验。还好，它终究抵挡住了红尘的波涛，于春日脱胎换骨，把长在大山的灵魂挪移到城乡的角角落落。

茶杯是透明的，开水是纯色的，放入茶叶后，便成了淡淡的土黄色，它在开水中不断翻滚，升起，落下，升起，又落下，最后沉入杯子底部，一层层的，一层层的，如同爱人温柔的眼眸，隔着水杯眺望，凝固成三生三世的深情，再也不愿浮出水面。

品一口茶，带着淡淡的涩，再品一口，便有了醇的香，三口品茶，带着清甜……而后这香甜之气便留在唇齿，让人久久回味。

透过杯子看茶叶，翻腾的好似人生，先苦，后甜，再香。滚滚红尘恰如一杯白开水，行进的路上，不断经历这样那样的故事，正如杯中的茶叶，浮浮又沉沉。人生尽管坎坎坷坷，没有一帆风顺，但是只要怀着对生活的热爱，对明天的执着，最终一定会和茶叶一样，沉淀出清醇的香气，溢出四射。

茶是山孕育出来，在山的怀抱中，长出厚重，长出底蕴。人也应该这样，生出宽厚，生出仁慈，怀一颗感恩的心拥抱生活。

茶山上，我看到多种花卉，丁丁花、蒲公英、桃花、梨花、大碗花、玉兰花……花很多，它们氤氲在茶树周围，朝迎晨露，晚送夕阳，它们陪伴采茶的大妈，抚慰炒茶的大叔。最后，看着品茶的城里人，散发出一缕缕馨香，轰轰烈烈的，让茶山热闹的不像话了。

茶山，茶山，茶是山的灵魂，山是茶的载体。迎来送往的，却是那些开在丛中的花，长在路边的草。茶山，因了这些，饱满了许多，在行走的季节中，没有一点孤独感。

向前一步是幸福

有人说："平凡的风景和静物，因为不同人的凝望，就有了不同的意义。"幸福的指数也一样，每个人的感受不尽相同。

友在商场卖衣服多年，习惯了早出晚归的日子。忽一日，商场倒闭，她成了没有工作的人，刚刚休息三天就急不可待的找工作去了，见到我就嘀咕，这日子咋过嘛，空虚得要命，没有一点踏实感。

在她不断地感慨中，我知道了她的幸福理念，每天忙忙碌碌，月底有工资发。

似乎每个人都差不多，为了柴米油盐酱醋茶，在奔波的过程中，享受拼搏的乐趣，让自己有更多的快乐感。

小时候，刚刚能拿起镰刀便在烈日下割麦子，顶着火红的大日头，一张脸晒得像猴子屁股。但是闻着清香的麦子，想着不久后的白面大馒头，就有使不完的力气。麦收时节，乡亲们一个个脸上挂着笑，洋溢着喜悦，眉眼之间似乎都含着幸福。

乡下人幸福来的简单，粗茶淡饭管饱肚子，衣服不破就好，冬天防冻，夏天凉快，粗布衣服穿得极其舒畅。鞋子是手工做的，一根绳子拉得"刺啦刺啦"，千层底，千般情，母爱、亲情全部融化在里边。

那时候的幸福是考试能考出好成绩，看着父亲用面糊把奖状贴在墙壁上，金灿灿的颜色，映在父母脸上，和菜花一样香甜，让土坯屋子生出温暖。

长大后，像一只搬运粮食的蚂蚁，使出全身的力气，把养家糊口的重任放在肩膀上。一路走，一路看，风景见许多，人流穿越过，不同的人，不同的忙，大家努力朝前走，为了幸福踏上一段又一段的征程。

幸福多样化，具体各不同，有人说幸福是看一朵花的绽放；有人说幸福是雨天的一把伞；有人说幸福是健康；有人说幸福是钱多，我说幸福是向前走一步。

八十多岁的忘年之交打电话，说想把旧日写的文字整理整理，不图出书，打印出来就好，可惜以前的电脑主机坏了。于是想起来我们曾经在一个论坛玩，就请我帮忙去网站找，遗憾的那个网站发出来的文章也是无迹可寻，或许时间太久，网站更新，那些陈年真的成了旧事。

我能想到老友摇头顿足的惋惜感，只好安慰他没了就没了，趁着还能敲击键盘，再写，未尝不是突破，经过这些年的沉淀，质量会更好呢！

老友感叹几句，说老了，不想再写了，含饴弄孙，陪伴孙子们读书写字，也是幸福。

前些日子文友说写个写作课题，在微信上讲课，听课的人收点费用，给讲课的付点报酬。在她的鼓动下，我已经答应了。可是经过一段日子思考，还是不好意思地拒绝了。总感觉自己的水平还达不到教别人的水准。万一讲出来，被人笑话是小事，耽搁人家进步才是大事。自己写作是为了心灵有寄托，是一种自我调节和满足，如果当成一本正经的事儿做了，我怕丢掉这份幸福感。

昨天气骤然变冷，气温下降十几度。早上起来给小宝洗手洗脸。还没等自己洗漱好，四岁的小宝发出不满意的控诉，都怪你，非要给我洗手，让我的手冰凉冰凉。奶声奶气的埋怨让我暗自发笑。

两个孩子，两种性格，大宝面善，从小就听话，上学那么多年规规矩矩，没有和别人红过脸。小宝去年在幼儿园就和小朋友干了两场架。我尴尬的同时，也是唏嘘不已。但是因了这两个孩子，让我的人生特别圆满，夜深人静的时候，自己想想，也是幸福的不要不要了。

最近听一首歌《三德歌》，爹娘生咱身，拉扯咱成人，汗水壮咱筋骨肉，恩情比海深，养娘心安稳，敬爹是本分，一个道理传古今，要做孝德人……一首歌把大爱唱得淋漓尽致，人生在世，当谨记这样的一首歌词，时时听，时时唱，做到德才兼备，想不幸福都不行。

阡陌红尘，纵横交错，行走其中，理应保持快乐的心情，快乐亦是幸福，一个人如果能从平凡的生活中发现一个又一个快乐，那幸福就真的无限了。

龙山素描

迎着朝阳，踏着尚未褪去的晨露，到向往已久的龙山风景区。

龙山风景区位于淅川县毛堂乡，东距县城十五千米，是一座凝聚天地灵气的大峡谷。沿山门而进，过"龙山风景区"石牌坊，一汪清凌凌的碧水出现在眼前，一阵凉意拂身而来。那湖水清澈见底，绿得直入身心。

山不在高，有仙则名，水不在深，有龙则灵。龙山风景区，一条龙角翘起，气宇轩昂的巨龙盘卧在峡谷。传说因为这条俯卧的巨龙，聚天地之灵气，凝日月之华光，使得这座藏于大山深处的仙境更是多了几分神秘感，因此也引得游客络绎不绝。

顺着叮叮咚咚的一道小溪缓缓而上，抬头望去，那巨龙便进入视野之中。两面山石夹持，叠嶂高耸的悬崖峭壁，怪石林立直插云霄。

穿龙角、过龙潭，在河谷右面六十米高处，有一个高约八米的岩石，状如观音菩萨，面西而坐。远观真似莲花台上的观音菩萨，手握净瓶，栩栩如生。观音菩萨被誉为"千处乞求千处应，苦海常作渡人舟"。观音显灵在龙山，足见其地之灵，一尊观音像，祈万民平安。

山险石峭，可谓龙山之精华。大自然的鬼斧神工，勾勒出一副副气势壮观的龙山奇观，琵琶潭、蝴蝶谷、卧狮潭，一潭赛过一潭，景景相接连。水灵则秀，秀则灵，一条溪流的流水声，由远而近，由近再去远，恰似一曲音律在耳边回旋。

移步于峡谷之中，眼帘里尽是奇景，山奇水秀，逗留在"卧狮潭"，不忍离去，只见一对雄狮卧在溪流两侧，威猛的石狮子，身躯庞大，瞪着大眼睛，守护着一弯清澈的碧潭。潭中有一群两指长的小鱼游来游去，常年活动在潭中的小鱼儿，虽然和小金鱼个头差不多，却没有小金鱼的娇气，初春冰凉的水中，它们悠哉游哉，那黑色的鱼脊背看得清清楚楚的。

顺着幽静的石阶一路蜿蜒而行，道两旁沉睡了一个冬季的植被睁开了眼睛，优雅地吐着新蕊，不知名的小草也换上了生命的原始绿色。

"情人谷"到啦！朋友大声喊道。放眼望去，宽阔的谷底，数棵百年大柳树，枝头已冒出了嫩叶，在初春的龙山特别显眼，缠绕在大柳树上的古藤，像孩子一样依附着大人的身躯，一圈一圈绕着岁月的沧桑，绕出一道道年轮。

抚摸着一棵棵百年大柳树，思绪一下被带到了很久以前，一幅画卷掠过眼帘，远古的情人谷，暖风徐徐，花红柳绿，一对玉人拥抱着春色，女子窈窕素雅，男士学富五车，品酒吟诗，其乐融融。

蝴蝶谷的蝴蝶飞来了，带着缕缕花香；蜻蜓谷的蜻蜓飞来了，带着荷尖的雨露，一股股芬芳，一丝丝幽香，弥漫在这里。藤条编织的秋千，在谷中荡呀荡呀，琵琶潭传来的音律，悠远而深沉。溪水潺潺而流，玉女双手轻轻地捧起，惬意渗透手心，渗透情人谷。回眸一笑，千娇百媚，那该是一幅多么美丽的意境！

龙山的石阶，时而陡峭，时而平坦，鞋跟踩在上面铮铮地响。弯腰捡几枚从树上掉落的皂角，让我浮想联翩，一位布衣荆钗的女子，在皂角树下看远山雾罩，沐浴秋色。皂角煮出的水，洗净的衣服，淡淡的清香，淡淡的药味，淡淡的苦涩，鼻尖轻轻地嗅了嗅，释怀一笑。

想着，走着，走着，想着。耳边传来一阵轰隆之声，抬头一看，只见一大瀑布挂在陡峭的山崖之上，飞泻的水从山顶的天池流下，中间是圆形的水潭，形似大水缸，便取名为"龙缸瀑布"。"飞流直下三千尺，疑是银河落九天。"这句诗我觉得是这龙缸瀑布的真实写照。

高约数十米的瀑布直泻而下，飞花溅玉，珠帘四射，水落碧潭，发出震耳欲聋的声响，不断地回荡在山谷中。

龙山风景区，一座原始的山水文化长廊，因为有了巨龙的俯卧，变得更加粗犷，气势更加壮观。龙山风景区，因为有了潺潺溪水，刚柔并集、灵秀相融，变得更加幽美。

行走在龙山远古的山水文化长廊之中，吐纳着山水之灵气，欣赏着草木青青，品味着芬芳幽香，无限惬意在心里。

做坚韧的自己

三十年前那个夏天的傍晚，和村里的伙伴骑着自行车去十几里外的大河边割草。河滩无边无际，一眼看过去全是青草，任凭我们怎么用力蹬，就是骑不到河边，最后不得不停下来，安营扎寨，开始割草。

夏日的天空像雷公的脸，说翻脸就翻脸，刚到的时候，骄阳似火，可没多大一会儿就乌云密布。几个小伙伴顾不得把青草装进蛇皮袋，拿上镰刀，蹬上自行车就拼命地跑，生怕大雨落下来，再也回不去了。

雨好像故意和我们作对，我们拼命地跑，雨就在头顶乌压压的追赶，遗憾的是我们始终没有跑过雨。地泥泞了，自行车轮子被泥塞得满满的，再也推不动。

几个人蹲在地上，用镰刀把掏出泥巴，不得不扛着自行车走。艰难地走了二里地，却发现不远处的天空亮灿灿的，地上一片土黄色，似乎是干的。我们惊呼一声，卖力的扛着自行车跑。

一个奇怪的情景，就在一步之间，一边是湿的，一边是干的，一边天空大雨倾盆，一边太阳明媚，像太上老君的八卦图。尽管从别人的口中多次听说过这样的事，说夏天的雨像孩子的脸，两块地之间，这边下雨，那边干旱。然而，第一次见这样的情景，却是别样感觉。

真是应了"东边日出西边雨"这句古诗。几个小伙伴，站在太阳灿灿的一边，看隔着两米远的对面大雨哗啦啦。几十年后的今天，想起那天的雨，依然觉得不可思议。

如果那天我和小伙伴不卖力地扛起自行车，走过风雨，定然看不到一边风雨一边太阳的风光。我想人生也应该是那样，无论遇到什么，一定要坚强地走过去，只有这样才能发现别样的美好。

读初中的时候，因同学之间的玩笑，导致许多人误认我真的在早恋，这样的误会让我痛苦不堪，一度扔下书包，坚持不再去上学。

一个人坐在故乡的河堤上，沐浴在温暖的春风里，心却伤痛不已，看远处放牛娃们掰手腕、摔跤，他们或因成绩不好没考上初中，或因家庭经济不好读不起初中……他们看我就像看怪物，明明可以去上学，却坐在河堤上发呆。

有一天，我穿过那些大声吵闹的放牛娃，踩着细碎的阳光，一个人走向远处的大山，山上树木郁郁葱葱，最粗的几棵犹如参天巨树，伸开双臂也抱不拢，清风吹拂而来，吹起额前的刘海，一缕阳光穿透树叶，正好刺到眼睛上，吓得赶紧闭眼。

等一会儿睁开后，眼前闪耀着一缕七彩的光芒，亮闪了眼睛。那一刻心里像是有什么东西落下。无论多稠密的树叶，也不能挡住太阳，它总能找到缝隙，把一缕光芒照射到地面上。纠结在内心的郁结忽然散开，许多天的痛苦就这么全部散去。

第二天，心怀坦荡走进学校，坐在自己的位置上，开始新一轮的校园生活。

三十年后的今天，看暖阳漫过窗台，任清风吹过脸庞。回望前路，虽然一直在红尘里忙忙碌碌，但是因了那些记忆中的片段，让纸张生出墨香，那些曾经的种种，时刻提醒，一定要做最好的自己，无论是苦、是甜，无论是坎坷还是平坦，皆是眷恋的时光。

烟火人家

许是年纪大的原因，特别留恋乡下，有事没事的都会回去一趟，扫去屋内的浮尘，小住几日。有太阳时，搬把椅子，靠在墙上，任一缕暖阳照在身上，惬意自在。

邻居是新邻居，当年搬迁时抓阄抓的。一个村子两三千人，就这么分散了，想要找从前的邻居，得慢慢打听，哪一排，哪一号。左右两边的新邻居很勤快，揭掉了铺在门前的花砖，挖出一块小空地，边上堆砌了尺把高的小围墙。

池子里种了时令蔬菜，丰盛的很。韭菜长在最边上，和麦苗一样，窜着长；小白菜一片，绿莹莹，冒着光；几棵豆子旁插了竹竿，豆秧顺着爬，一架绿色，花儿打着苞，开了谢，谢了又长出，重重叠叠，诗画一般。

看到我回去了，她随手摘几根豆角，割一把韭菜，薅几把小白菜。一筐新鲜的，滴着水的菜，放在我面前。脸上是和煦的笑，生怕我不要似的，连连说自己家的、自己家的，你看，就长在门口，没有打农药，新鲜着，吃了只管去摘！

我隔着阳光看那菜园子，绿色莹莹浸染视线，真好！真好！

她拎着一把才拔出来的花生，踮着脚，倾斜着身子，一步一歪往我家来。我紧忙站起来，迎接过去，接过她手中带秧的花生。

她咧着嘴巴笑，露出黄色的牙齿。那件深红色的衣服很旧，但是洗得干净，脚上的布鞋沾满了新鲜的泥土。

我把笑容还给她，她笑得更开心了，用那双沾着泥土的粗糙大手，摸了摸我家小宝的脑袋，眼睛里有浓得化不开的喜爱。

摸摸小宝的头后，她又指了指她家，似乎想说什么。我疑惑地看着她家，连比带划问："您家孙子回来了？"

她像是看懂了我的口型，咧着嘴，啊拉着，笑着，倾斜着身子回去了。

她是我家斜对门的邻居，聋哑人，腿也残疾，走路不稳当。每次看到我回家，她第一眼就是笑，"啊拉、啊拉"地打招呼。乡里也没啥好吃的，仅有的便是地里长的庄稼，她会提着几个红薯，挖一筐花生，使劲往我怀里塞。

对门住的邻居不同姓，大儿子两口子出门打工去了，留下一孙女，由女人带着。男人和二儿子靠打鱼为生，他们开超大号的蓝色三轮车，车上搭一个棚子，开足马力回百里外的丹江河，打捞新鲜的鱼。有时候就地卖掉，有时候刚回村口，便被乡亲们围住，争着抢着购买。

男人个子高大，身材魁梧，黑糖色的脸上，一直挂着笑。每每看到我们，嘿嘿地先笑了，再说话——回来了啊！

女人湖北嫁过来的，口音和我们大不相同，是大家嘴里说的蛮子。她嗓门很大，一边唤着孙女，一边咧嘴笑着。

看到我来了，她端着盆子朝我这边走来，几条鱼在里边扑腾着，她大嗓门吆喝道，鱼还蹦跶呢，一会儿都给杀吃了啊！

我接住盆子，看着里边拍着水花的鱼儿，心头荡漾过一层又一层涟漪。在城里很少有邻居能正儿八经地说上几句话，出来进去都关门。有人敲门也要先对着猫眼儿看看，确定了才敢把门打开。

　　猫眼儿太小，让我的心也缩小了，在城里住久了，竟然习惯了这样的生活方式。

　　我的乡亲们在烟火里煮食，开着家门，看敞亮的风，不管岁月如何变化，也不曾改变内心的朴素和真诚。放在心头的永远是宽容和接纳。故乡的烟火里，我读他们，就像读一本经年的书，暖融满怀。

九女洞探秘

淅川县毛堂乡，不但人杰地灵，物产丰富，是一个富有许多传奇色彩的自然风景区。带着对它的好奇、对它的探究，一行人踏上了这块灵气逼人的土地。

和煦春风，掠过车窗外青碧的麦苗，金黄的油菜花一簇一簇随风招手，路旁杨柳丝丝，飘飘扬扬。大自然一派生机盎然，盏茶工夫，来到了传说中的九女洞。顺着陪同朋友的手指望去，我们都望见了一个凄美的传说，潮湿了冰清的心。

传说玉皇大帝的九女儿，出来游玩的时候，凌空俯瞰，见这里山青水秀，鸟语花香，风景十分优美。而更为奇特的是看到一座山巅之上，凸起一座石台，高约十米，呈四方形，如闺房一般，楼台上面较为平坦。据说过去还有石椅、石凳、石镜、石梳子之类。后被战争年代做掩体而毁坏。

九女就跳下云端，住在此地，对镜贴花黄，好不惬意。时间久了，就成了九女的梳妆台，故名：晒花台。

山脚下，有个褡裢村，稀稀落落住着几户人家，竹篱茅舍，却依山傍水。虽然贫穷，但却邻里和睦，男耕女织，倒也其乐融融。话说村中有一位名叫褡裢的猎户，自幼父母双亡，孤身一人，以打猎为生，只有两间破茅屋和一只猎犬为伴，褡裢正当年青，为人忠厚心地善良，虽然一贫如洗，也总是尽自己所能，帮助乡邻。

　　这些都被在"晒花台"上的九女看在眼里，记在心里，日子久了，产生了爱慕之意。每次褡裢出去打猎的时候，她就悄悄地到他的茅舍，把饭菜做好，衣服浆洗得干干净净，叠得整整齐齐，然后悄然离去。

　　褡裢回家看到了做好的饭菜，浆洗的衣服，最初还以为是乡邻帮助，感激之情油然而生。时间长了，就发觉不对劲，乡邻都在忙碌，一次两次的相助倒在情理之内，不可能天天、顿顿都来帮助他呀！

　　为了弄清事情真相，有一天，褡裢又装作出去打猎，可是他走了一半又转回来。隔着篱笆门，他惊呆了，只见一位妙龄女子正在他的屋里忙碌呢！带着惊奇，褡裢推开门，把正在做饭的九仙女吓得愣住了。

　　一个年青善良，一个貌美贤惠，男有意，女有情，两个人天地为媒妁，茅舍点红烛，九仙女和褡裢结成伴侣。从此，褡裢打猎，九女料理家务，恩恩爱爱，情深意长。

　　然而，好景不长，九女私配凡人的事情，被玉皇大帝发觉了。遂带着天兵天将来抓九女，玉皇大帝站立的山头，指挥天兵天将的地方，便是今天淅川县的"玉皇顶"。

　　九女誓死不肯离开褡裢村，不肯离开褡裢，宁愿被贬为凡人。玉皇大帝龙威大怒，顺手一指，玉皇顶对面的半山腰便出现一个石洞，把九女关在石洞之中，不得出来，这就是今天的"九女洞"。

　　褡裢打猎回来，得知九女被关在石洞之中，便手持斧子，要劈开石洞救出九女，玉帝见此情景，凡人也敢和他作对，更加恼怒，指派雷公击落褡裢的斧子。雷公当年站立的地方，耸立出一座高台，就是今天的

"雷公台。"

褶落救妻无望，整日在关押九女的洞前哭泣，眼泪哭干了，血哭干了。九女听到褶落的血泪哀戚，悲痛欲绝，便发出神力，一脚踢开石门，锁石门的锁簧也被震飞得一东一西，于是，便有了今天的"东簧"和"西簧"。石门滚落山底，至今还在谷底，上面还有九女的脚印呢！

九女走出石洞，却发现褶落已经哭泣而亡，便把褶落埋葬，有了今天的"褶落墓"。

褶落死了，九女恨死了苛刻的天条，她想起了夫妻的恩爱，哭得死去活来，九女的泪水流呀流啊，流成了一道河，今天的"洞河"就是九女的眼泪。

九女洞，在一座大山的半山腰，洞中长约十米，宽约六米，洞顶光滑，墙壁干净，洞底也比较平坦，右边地面稍微凸出，有一个碗口般的小洞，据说是九女在洞中哭泣的泪水所滴。

时过境迁，传说中的故事离我们很远很远，留下的只有褶落村、玉皇顶、晒花台、雷公台、九女洞这些遗址驻足在毛堂乡。"洞河"却一直不停地流动着，大家说那是九仙女的泪水在呜咽，诉说着冰冷无情的天条天规呢！

九仙女的故事，在毛堂乡一代代、一辈辈地流传着，这是一个凄美的爱情传说。我站在九女当年被关押的地方，浮现出的就是那一滴滴心酸的泪水。天堂固然美丽，却没有凡间的男欢女爱。绫罗绸缎固然华丽，却没有布衣荆钗的恩爱自由。山依旧，水依旧，沉浮的却是那久远的传说。

春天来了，山花开了，洞河的水哗啦啦地流着，似乎正在向我们诉说，诉说九仙女和褶落的故事，而我们，来感受传说的新时代客人们，正是这凄美故事的传播者。

青春不能言败

狗春儿——阿珂喊。

白骨精——阿龙喊。

春儿习惯了这样的喊，谁要是忘记她的外绰号，喊春儿的时候，她反而不高兴，说你们都忘记了吗？我是白骨精，是狗春。

开始播放《西游记》的时候，春儿才五岁，小小丫头片子，年纪不大却爱臭美，照镜子，头发绑上布条子，补丁摞补丁的衣服非让她妈给绣上花边。反正看了《西游记》后，春儿的名字被"白骨精"代替了。

春儿出去打工的时候，十六岁，模样长得俊俏，很顺利地进入了一家国际大酒店做礼仪。大红的旗袍套在春儿窈窕的身材上，那气质，那风骨，是白骨精的味儿。春儿的工作就是穿得艳丽，站在门口，来一个客人，鞠一个躬，跟着说一句"欢迎光临"。

阿珂说，白骨精，你干的啥活啊，像狗一样点头哈腰，真是个狗春儿。于是她又多一个绰号。

酒店礼仪工作清闲，两班倒，八个女孩轮班换。礼仪小姐，更换衣服的频率比较高。狗春喜欢紫红色的旗袍，也喜欢雪白的纱裙，每次穿上礼仪小姐的衣服，她都有种飘飘然的感觉，似乎自己真的变成了童话里的公主，变成了电视剧里古典女子，在这种潜移默化之下，狗春的兴趣变了。

不上班的时候，她游历江南小巷，偶尔兴致，撑一柄雨伞，坐舟船缓缓行驶，宛如画中古色古香的女子，清雅隽永，江南秀美的风光给春儿提供了大舞台。可惜事与愿违，礼仪服装只能在酒店穿，下班得换回自己的衣服，狗春月薪一千二，这点钱要吃饭、穿衣，还要邮点回家接济手头拮据的爹妈。所以，狗春的心是有伤的。

狗春姊妹七个，三个姐姐，一个哥哥，一个妹妹，一个弟弟。这在计划生育喊得山响的农村绝对是大人口。狗春时常烦恼，恼恨父母为什么要在计划外生她。说来是怪事，狗春父母在生了她哥哥后，已经结扎了，却不料"扑哧扑哧"又倒腾出三个小孩。按理说狗春父母没有花钱送礼、请客吃饭，这种事儿不能发生，可事实就是事实，结扎后生三个孩子，且健康得活蹦乱跳。

狗春父母和计划生育工作组，据理力争，吵得翻天覆地，计划外的三个小孩愣是一分钱没交。当然，狗春和弟妹也成了正儿八经的黑娃儿，没有户口，没有土地。农村教育管得不严，没有户口的狗春和弟妹到了上学的年龄，依旧和正常的学龄儿童一样入学，开始识字。

读初中的时候，狗春已经是大姑娘了，摸着屁股后的补丁，羞得抬不起头。下课同学们在校园玩，她一个人低着头在教室里扣指甲。心里的阴影越来越重，她终于在这种压抑下找不到自己，再也读不下去，捂着屁股离开了学校。

狗春在大酒店干了几个月，有一天回到出租屋，大眼睛红彤彤、水汪汪的。

阿珂惊叫一声，狗春，你怎么了。

经不起这一声问候，狗春哭得肩膀一耸一耸，抽咽地说，以后再也不去酒店干了。

阿珂嬉戏狗春，酒店的衣服不好看吗？

狗春瞪了阿珂一眼，说酒店新做了一套礼仪服装，白纱裙，类似于婚纱，只是低胸，V子领开得很低，半拉乳沟都露出来了，一开始她们几个女孩也不好意思穿，可是经不起领导狠批，只好穿装上岗。

一个客人喝多了，走路乱晃，摇摇摆摆走到门口，眼睛盯着姑娘们的胸口，满嘴污秽不堪，还伸出爪子朝姑娘们的胸口抓，狗春躲闪的同时，一巴掌打在那人脸上……

挨了经理的一顿狠批，狗春被开除了，扣二百工资。

丢了工作，狗春哭得上气不接下气，阿珂大发脾气，闹着要去为狗春报仇。

阿龙说仇人是谁？怎么报？拿刀还是拿棍？阿珂无语。

狗春说，明天我就去劳务介绍所找份工作，安安生生做车间普工！

傻妞

傻妞真傻，傻得连厕所都不会去。

傻妞今年十六岁，和所有不傻的女孩一样，要结婚了。

天阴沉沉的，雾气绵绵，傻妞被她的婶婶们关在家里打扮，村子里的女人几乎全部出动，伸长了脖子相互讨论，傻妞今天穿的是啥衣服？

傻妞家的土坯墙歪歪裂裂，屋里黑咕隆咚，一股难闻的味道不时从门缝里钻出来。看热闹的女人们不习惯地捏着鼻子，用手扑着鼻子前的味道，却依旧不愿意离去。

一辆桑塔纳轿车被装扮得极其喜庆，车前有一大把红玫瑰，还有一个偌大的喜字。车身绕了一圈粉红色的纱，四个粉色气球分别挂在车两边的倒车镜上，司机在村人的热情带领下，引到了傻妞家的院子。

接亲的喜娘将大把大把的喜糖和瓜子分发给看热闹的妇女和孩子，还不停地说吉时不等人，让新娘子快快上车吧！好像这些人能当家一样。司机是一位帅气的男士，他没有下车，被所有看稀奇的村人堵在车里，他有点云里雾里，摸不着头脑。

在看不清黑白的屋内，傻妞被几个婶婶打扮妥当，最后被她三婶拉着，穿过里三圈外三圈的人，按进车里。傻妞看着村里成堆的人盯着她，不知道是啥意思，呆滞的眼神吓得嗦嗦发抖，她啊呀一声想要跳下去。但是被围观的人堵住，随后车门关上了，她更下不去了。玩手机的司机被吓了一跳，瞪着眼睛看新娘，如同看傻子一般。

傻妞上身着红袄，下身着黑裤，一双红色的鞋子穿在她平日的赤脚上。

村里人说傻妞真好看，就这还是只洗了脸而已，要是也像别的女孩那样描描眉毛，抹上口红，脸上糊点白粉啥的，穿上婚纱，肯定会更漂亮的！村人指着车子里的傻妞议论纷纷。

车窗太厚，司机听不到说的是啥话，他耳根臊得通红。

傻妞遗传她妈，先天傻，五岁的时候，她爸五百块钱又把她妈转手卖了，一分没赔，还赚了个傻妞。从此傻妞没有了妈，天天蹲在村里的垃圾堆上巴拉东西吃，一丁点儿的娃娃都能把她打哭。

傻妞有好几个婶婶，可她的裤子一年四季都是湿的，一双脱鞋穿到冬天。

傻妞长到十六岁了，婶娘们说她是个大姑娘了，于是有媒人进家门。傻妞没有和不傻的姑娘一样去婆家相亲，那样会有见面礼。傻妞也没有定亲，那样会有彩礼。傻妞婚前的一切程序都省了，婆家直接送来三万块钱，不知道是见面礼，还是彩礼。

傻妞的几个婶婶都有一份，在农村这样的礼仪不能少，或多或少，看婆家大方不大方。余下的钱傻妞爸全部收起来。村人说傻妞爸真是发财了，这下子打牌可有本钱了，连带着傻妞的婶娘们都跟着沾光，真是眼馋人！

冬天的风顺着墙根吹，院子被村人围得密不透风。桑塔纳轿车出去有点困难，司机在车里气得嘴巴不停地嘟囔，可谁也听不见他说什么？

傻妞低着头抠指甲，真真是个娇羞的新娘子。

灰蒙蒙的天空开始飘雪花，冷风嗖嗖，傻妞没有走，村人都不愿意离去。

傻妞的几个婶婶陆续从屋里出来了，抱着两床大红被面的被子，一边走一边说大家让让路、让让路，让闺女赶紧走吧，吉时不等人，娃儿大了，终究是人家的人。说完几个人还矫情地用手抹眼睛，似乎那眼睛里真有舍不得的濡湿。

一条路被大家缓缓空了出来，空气有点凝重，雪花越飘越大。

司机发动车子，逃也似的开出傻妞家的院子，傻妞拼命地拍打车门，啊呀呀，啊呀呀的不知道想说什么！

据说，傻妞的瘫子男人把她从车里提溜出来拜堂的时候，淡黄色的液汁顺着傻妞的裤腿流……

与一只流浪狗的对话

碰到这只流浪狗是在买菜回家的路上。

寒风掀起路上纷乱的垃圾，在空中翻转。天空昏昏暗暗，变成了土灰色，冷冷的北风穿透厚厚的棉装钻进身体。

街上看到的是开车的飞驰，骑车的猛窜，两条骨架支撑的用袖子捂着脸跑。于是街道疯了，城市乱了。

我也是这个城市的逃亡者，慌乱的奔跑在人群中，寻找自己那个可以遮风挡雨的巢穴。

现代时尚的衣装，齐手腕的袖子挡不住飞沙流石的席卷。头发在风中乱舞，与沙尘一起嘲笑凌乱的人群。灰尘替代了"雅芳"的清香，红红的唇彩刹那间惨白，颤抖的娇艳被北风肆虐，美丽瞬间改变。

我在人群中挤来挤去，昔日骄傲的苗条身板在此时变得柔弱不堪。

在狂涌的人流之中，我看到了四处张望悲鸣的它，一只小小的流浪狗。褐色的长毛有些打卷，上面沾着枯干的细叶，还有一些来历不明的垃圾。它在人群中上蹿下跳，尽管它拼命地逃窜，还是逃不出一个个骨架下面那双名牌皮鞋的撞击。

其实，厉害的不算大头名牌。尖细的名牌更厉害，踩在身上，钻心的疼痛。它刚才就是没有躲闪开，而被狠命的踩上一脚，疼得它发出叫声，其实它想忍耐的，可是疼痛的感觉真的太难受，它没有办法也没有能力控制，所以而发出一声接一声的悲鸣。

它在一只只脚下躲闪，在一个个细小的缝隙中寻找可以逃出名牌的空间。一次一次的突围，一次一次的失败。它在骨架下面寻找可乘之机。它不明白，有些纳闷，自己怎么会无缘无辜地挤在这些人流之中，刚才还在一个垃圾堆边吃食堂倒的剩肉呢！

现在的人真有意思，都喜欢吃青菜。一盘一盘的肉，都没有吃两口，就撤了下来。正吃肉呢，狂风来了。名牌们就开始尖叫、开始骚动。平静的世界疯狂了，它疑惑地看着这一切，感到无奈。

正疑惑间，一个帅哥无意的踢它一脚，就被卷进逃亡之中了。那一脚真狠，刚好踢在它的肋骨上，感觉要骨折了。疼痛还没离去呢，又被一个美女的名牌鞋子补一脚，它感觉自己快死了，钻心的疼。

可是这会儿没法顾及这些，逃出去才是重要的。不然连现在这微弱的呼吸也保存不了，死亡离自己太近了，可是它还不想死。它睁着小小的眼睛原地不动，看着这些拼命挣扎的人。他们一个全副武装，一个个穿得光鲜亮丽。还是打着冷战，手在嘴边，不停地用嘴哈着，难道那哈着的热气就能取暖吗？

它不知道，也不能理解，更没有时间理解。现在就想挤出去，虽然它没有家，是一只被主人遗弃的流浪狗，可是它喜欢阳光，喜欢路边的花红柳绿。生活有时候是不公平，譬如，它现在晚上没有睡觉的地方，只能蜷缩在冰冷的水泥地上。但是它就想活着，活着真好。

它原本也是主人的宠物，那时候多幸福。天天被抱在怀里，出门还有车坐，酒店的餐桌上也有它的位置。出入星级酒店那是家常便饭，都是那只可恶的白色狮子狗，自从它来了以后，主人就不喜欢它了。

"丑死了，"这是主人说它的。可是为什么以前就不说呢？那时候总在人前炫耀它漂亮呢！可是现在……瞧那白色的狮子狗，整天不拿正眼看它，红红的嘴巴好看吗？还不是被主人擦了点口红，身上穿的那件马甲……气死了，不说那狗东西了。

说那些也没有用，它还是被遗弃了。而且现在卷入逃亡的人流，努力钻出去才是现在该做的。它用力地上跳下窜，只是被踩的肋骨很疼，使不出多大的力气。再说它的身板也不大，就是一只红褐色的长毛小狗。

北风刮不到身上，因为太矮了，挨着地层，不是说天塌了有高个顶着吗？所以它是不用顶天的。它现在唯一的希望就是快点钻出这攒动的人潮，哪里的"敌人"稀薄呢？

终于看到了，右边有一个老年人，她穿的是布鞋，而且也被挤得东道西歪，手里的菜篮子快掉了一样。真想帮她一把，可是它太矮了，根本够不着，算了，还是逃命吧！

人们都说，人不为己，天诛地灭。反正咱不是人，不怕灭，自己先管自己，现在人都没有多少情分了，还不说自己是条狗。说那时，那时快，它一个箭步钻过老人的脚脖。

我走近它的时候，它依然蜷缩在墙角，浑身发抖。脏兮兮的长毛掩盖着它的脆弱，丢给它两个鸡脚，它抬起那双由于惊吓而恐惧的小眼睛，瑟瑟地看着我。眼睛里似乎有晶莹的东西溢出，它用爪子拿起鸡脚，送到嘴边。其实它是饥饿的，刚才吃的肉虽然不少，可是在脏水里浸泡了太久，没有味道了。

它跟在我的后边，想跟我一起回家。我说不行，我家在楼上，没地方养你。

它好像没有听懂，还是跟着我。我又说，虽然我能勉强养活你，可是楼上的邻居不喜欢狗叫，你不可能做哑巴吧，你还是走吧！

它似乎听懂了我的话，又去蜷缩在墙角，高大的楼房下面，它太小了，渐渐地在我的背影中消失。又一个城市冷漠的人，它在背后嘀咕我。

一束暖

他没有想到自己的文字还能在微刊上出现，尽管这是个网络平台泛滥的时代。看着黑色的方格字，他眼睛湿了，像孩子一样。他想告诉大家，他很幸福，这是一种心灵的满足，是发自肺腑的暖。

外边很冷，突然变天了，所有能活动的物体都钻进了屋子，搁置了一年的电暖气终于有了用武之地，那是他修好的。爹在电脑上写字，七十多岁的人了，竟然老夫聊发少年狂，像年轻人一样爱上了文学。听他的意思要写一部长篇，说是有一百个章节呢。

他不敢想，那得多少次敲击键盘才能完成。他打心眼里想帮助爹完成这项艰巨的任务，可老头却说自己的事情自己做。只有这样才能体会到写字的快乐，感受到写字的乐趣。

那天，爹的几位文友来家里玩，有男有女，他们比爹的岁数小许多，算是后辈了，可是他们却硬是喊爹"大哥"。平白的他就多了叔叔阿姨，而且那岁数看起来比他大不了多少。

一群人在客厅谈笑风生，从古到今，侃侃而谈，上至天文，下至地理，那些他从未听过的字眼，像是天籁之音，撞击着他的内心世界。第一次，他知道了新的词汇"作家"。把文字堆叠起来，形成一篇文章，抒发情怀，讲述或深或浅的道理。这样的事情，他没有做过，也从来没有想过去做。可是，那天，他竟然也起了那样的心思。

他拿笔，却觉得有千斤重，沉得拿不起来。他们对他说有一个女诗人，叫余秀华，用右手按着左手写，而且写得特别好，全国人民都知道。他不敢想那么大，也不敢高估自己，他的水平毕竟放在这里。他只想写一篇，一篇就好。他想把一生的思想全部融进一篇文字里，这样高度有了，低度也有了，最重要的是父母姊妹都懂了。

首次拿起笔，他不知道从哪里开始，是写抒情文还是记叙文，是顺叙、倒叙还是插叙，是回忆文，还是记录文。这些繁琐的结构，他弄不清楚。他鼓励自己，随心吧，按照自己的心走。

那个冬天，下了一场很大的雪。他太贪玩，以至于在雪地玩的时间太久，受风发烧了，很严重，转化成脑膜炎。他被父母送进了医院，那次住院时间长达半年。期间，医生给爹妈下了三次病危通知书。爹妈卖掉家里所有能卖的东西，包括长了一半的猪，那是一家人全年的指望。为了他，兄弟姊妹全都节衣缩食，日子在朴素中越发朴素。爹妈一下子苍老了许多，姊妹们脸上的笑也少了。

生活从那个时候起，便失去了原有的正确轨道，他再也不能指挥自己的左手和左腿。那两个物件就像是别人的一样，强装在他身上，也是一个形式罢了。他听不清楚旁人说什么，也不能表达自己的想法。很长时间，他觉得这是命运在和他开玩笑。他在乡间的小道上蹒跚，就像余秀华的"摇摇晃晃的人间"。

岁月摩擦光阴，他坐在院子里过日子，任风吹，风把他的思绪吹得五零四散。小时候听广播，长大后看电视，身残志坚的故事爹讲了许多，他觉得自己也能成为那样的人。于是他尝试学习修理小型家用电器。那些奇奇怪怪的线路，打开了他的内心，世界仿佛一下子有了颜色。他沉迷其中，日夜忙碌着。

他贯穿红红绿绿的线条，把五彩的人生串联，然后把声音和画面整理出来，一丝一米装进日子，光景极尽美好。爹笑了，妈乐了，他也欢喜得很。

他张罗着走进厨房，想让生活增加一些味道。柴米油盐酱醋茶，一样样摸索。还好，他做到了。烧火、炒菜、做饭。右手太棒了，把味道调理得富有诗意，色彩搭配很协调，所有的家务被他的右手安排得妥妥当当。

院子里的风吹落一季，又迎来一春，好像一下子就过去了许多年。姊妹们相继成家，在不同的城市生活。他们每一次回家，都是他的盛大节日。他忙着做饭，收拾家务，哪怕摇摇晃晃。在大家欣慰的眼神中，他很幸福。

罗斯福说"人们被困难击败的主要原因之一就是他们自认为可以被打败。"所以，这个世上多了许多街头乞讨的人。他听风且吟，接受了一切欢喜的和不欢喜的安排，冷静对待，因此他征服了生活。

我没有见过他，是从一篇文字里认识的。我叹息那一场悲剧，也感叹一种意志。那个身残志坚的男人，身体左侧残疾，基本上是失语失聪，但是捧着一颗热爱、感恩的心，坚强地活着，把日子打扮得月白风清。

他只读书到小学三年级，还组织不了一篇完整的文章，仅仅是凭感觉歪歪扭扭地在纸片上写上心语。但他的心澄明洁净，那些稚嫩的语言没有任何修饰，幻化出无数温暖的细节。除了对过去的回忆，还有对未来的憧憬。

不大的院子里，方寸的空间内，他在那里长出一片美好的风景，亦如秋天的菊花，细细碎碎地开着。长满荆棘的路上，他歪歪斜斜地劈出一条小道，尽管很窄，但是很暖，就如一束光，也如暖流，在这个冬天，一直一直暖着。

人生总有一个拐弯处

那天在文印室制作一个图书版面，遇到一个女孩。她读五年级，她说她们学校办有一个名叫"稚英"的报纸，班主任老师给她一个邮箱让她投稿，她不知道怎么操作，于是她爸爸带她来文印部请求帮忙。

得知女孩喜欢写作文，就多几分好感。女孩高高瘦瘦的，一条马尾辫在脑袋后晃悠着，小脸洋溢着自信的微笑。

我问她作品发表有稿费吗？她说有，每篇十块。

我说县文联办有一个季刊，也刊发学生的作文，可以投稿试试。

女孩欢快应下了，等着文印室工作人员帮她把邮件发出去后，她蹦蹦跳跳离去了，看着她的背影，我想，如果女孩这次投稿能发表的话，或许就可以改变她的一生，至少在写作文水平会有极大的提升，而后走上写作之路也不是不可能的，甚至这一篇文章就是女孩人生的拐弯处。

记得自己和女孩这么大时，也特别喜欢作文。有一次老师让我们写"我的理想"，全班同学五花八门，一个个满脑子胡思乱想。当时我写的内容就是想当一个作家，那时候潜意识里并不知道作家是靠写字写出来的。

爱看书，打小就喜欢，从骨子里喜欢。字认不全的时候，拿着字典查，即便看得很慢，也津津有味。后来认识的字多了，越发沉迷课外书了。

表妹在高中期间发表过几篇豆腐块，当时可把我羡慕死了。我觉得自己的作文写得不比她差，既然她写的能发表，那么我写的也能印成铅字的。

怀着这样的心思，也写了几篇小文章，规规矩矩、认认真真地写在稿纸上，按照表妹提供的地址通过邮局发了出去，然后便是长久的等待，可惜那邮件如石沉大海杳无音信。

很多年后我才明白，投稿给杂志社书写是有要求的，要用方格稿纸，一个格一个字写，标点也要占一个格的，而我当时却是用稿纸直接一行一行写的，格式都不规范的稿子，估计编辑连看的兴趣都没有。

有时候我想，如果当年我投稿的那些小文能发表出来，可能会直接改变我的命运，或许我会重新返回校园继续读书，或许我会埋头写字，走一条不一样的路。

可惜那次投稿没音信，有极大地被挫败感，认为自己不是写东西的料，便也不再写了。

人生最大的转弯应该是回到县城居住。当时没有工作，整天在电脑上玩，不经意玩起博客，又提起了写字的兴趣，这么一写，十年过去了。

我用十年追一个少年时代的梦，尽管这个梦做得有些不现实，但是依旧非常用心地去做了，而且无怨无悔。因为喜欢文字，清贫的生活也开出一朵温馨的花。

我经常在黑夜里看城市里楼房中高高低低的窗户，我相信每一个微亮的窗户都有一个故事，或许很多人也和我一样，有一个美丽的梦存在心中。

认识一位老者，七十岁才开始写作，他本身学富五车，再加上几十年的沉淀积累，一朝接触文字便一发不可收拾。因为他不会使用电脑，他就在手机的便笺里写。

为了写字，他丢弃一生钟爱的木工活，辞去在村组干部的职务，拒绝儿子女儿接他进城养老，婉言谢绝了一些聘请，由于手机写字比较慢，他每天紧赶慢赶能写两千多字，还要抽空给一些文友修改稿子。手上正在赶写的小说，他暂定与《穆斯林的葬礼》的字数差不多。如此一算，这一部小说就需要写两三年。他感叹时间不够用的，怎么不早一点接触平台。他的写作之路源于市里作家协会推出的一个公众号，他看了别人发出来的文章，觉得自己写的也可以，于是就有了"老骥伏枥，志在千里"的壮志。

慢慢深入文学圈子后，他把目标定在了长篇巨著。他说十年内必须写三部书出来，尽管这速度比起网络作家来说有些慢，但是相比于早期拿着笔手写的文学大师来说，相当于坐火箭了。

我经常把这位老先生当成自己的坐标，以此鞭策自己，不偷懒，不闲侃，珍惜当下，运筹未来。

一个古稀之年的老人依然能竖起久远的理想，把握人生的每一分钟，不错过任何转弯的瞬间，我觉得这样的精神值得所有文学爱好者学习的！

老人有空暇时便会和我聊几句，说要学习我的写作优点，补充到他的文字中，而我则是一边读他的小说，一边学习他的人生态度。

网络里我结识很多热爱文学的文友。记得当年在某个论坛，有一位四川的文友因车祸高位截瘫，一度灰心丧气，自杀过好几次，后来他调整心态开始写作，从最初的诗歌散文到后来的长篇小说，经过多年努力最终取得了难以想象的文学成就。

我非常喜欢作家阿来的一部小说《尘埃落定》，且不说小说的内容让我记忆犹新，就这个名字也经常让我思考很多。一个人如同一粒尘埃，不管怎么折腾，总有落定的一天，但是在没有落定的时候，一定会有一个拐弯，转到我们想要去的地方。

舌尖上的故乡

炕灶干

故乡的年来得比较早，进入腊月便逐渐有了年的氛围。但真正的年，是从腊月二十三开始的。老家称之为小年，这天要吃一样特别的食物，我们俗称为"灶干粮"。

二十三小年，家家户户发面炕灶干。面是前一天发的，那时候还没有发酵粉，发面用自制的红薯酵母，冬天天冷发面慢，一般都是在盆子里用温水把酵母搅匀，再添上面粉搅成面糊，然后连盆子一起放进铁锅里，添柴加温，助面发开。炕灶干的面一般接三次揉三次，如此炕出来的灶干才有劲道。

小时候日子过得紧紧巴巴。盼的也就是年了，二十三过的是晚上。吃过午饭，母亲习惯性的按盆子里的发面，然后拿起铁锹去屋后的泥土下，挖几个埋在土中的大萝卜，萝卜洗干净，擦成丝捏干水，像剁饺子馅一样，剁成细末，放上葱花，姜末、辣椒面，滴上几滴香油，搅拌均匀，喷香喷香的饼馅出炉了。

接下来，母亲便开始揉已经接好的发面。案板上撒一层白花花的面肥，母亲从盆子里掏出发得起马蜂窝的面，放在案板上用力地揉，面团在母亲手里，不断变形，一会儿圆，一会儿长，一会儿又变成椭圆。揉到一定程度，母亲用力拽拽，面像尼龙绳一般，被母亲拉长，又像小蛇般光滑在母亲手中滑溜，如此的面才算是揉好的面。

揉好的面团，被母亲揪成一小块一小块，揉成圆后，擀杖擀平，用小勺舀一勺拌好的馅料放到饼上，捏着面的一角，然后逐渐递增，一块面饼重新变圆，然后再用擀杖轻轻擀平，这便是成型的灶干。

母亲把提前劈好的硬柴抱进厨屋。冬天麦秸湿润，不好燃烧。母亲经常把我们学过的书撕几页引火。为这，我还和母亲吵过几次，原因是她把我借来的连环画给烧了。

锅底滴几滴香油，母亲像捧着婴儿一般，小心翼翼把灶干放进锅里，冰凉的灶干碰见热乎乎的香油，噼里啪啦地响。锅灶里窜出喜庆的火苗，映照着母亲年轻的脸。我们兄妹像馋猫一般围在锅灶旁，看着逐渐焦黄的灶干馍，闻着从里边散发出的萝卜味，使劲儿吸吸鼻子，那感觉，犹如美味已经吃进肚子。母亲炕好的第一个灶干，不等我们看清楚，便迅速扔进锅灶，烧了。

我们瞪着眼睛，不停地问妈，咋把灶干馍扔锅灶烧了。

嘘，嘘，不准吭气，都出去玩，一会儿灶干炕好了，我喊你们回来吃。尽管我们十分不情愿，还是挨不过母亲的训，一个一个垂头丧气地出了门。

天擦黑，我们便一溜烟地再次跑回家。看着我们贪吃的模样。母亲紧忙拿出十个灶干馍，摆在案板上，五个一堆，摆成两摞后，把我们几个推到门外，从门里把门闩插上。然后拿出事先准备好的火纸，在案板下面的地上点燃，火纸即将燃尽的时候，母亲虔诚地跪在地上，嘴里念念有词，具体说的啥，趴在窗户上的我们听不清楚。

长大后，母亲对我说，灶干粮、灶干粮，就是老灶爷的口粮，所以灶干馍做好，首先要敬灶爷。我这才明白灶干扔进锅灶的意义。

待母亲抽掉门闩，我们兄妹像饿狼一般，百米冲刺般冲到厨房，一人拿起一个灶干，狼吞虎咽。母亲双手在花格子围裙上擦擦，捋顺额前散乱的发丝，说，慢着吃，别噎着了，多着呢！

说完找几个盘子，每个盘子里放三五个灶干，让我们兄妹几个分头送给邻家。到晚上真正吃灶干的时候，我们家也会收到邻家小孩送来的灶干。

母亲说，乡里乡亲，好东西要相互分享。晚饭的时候，吃着不同于我家味道的灶干，喝着萝卜、粉条、白菜、豆腐，当然还有几块腥肉的大杂烩汤，那美味，难以忘怀，过年真好！

割猪肉

"羊肉膻，牛肉顽，想吃猪肉没有钱。"这句话像歌谣一样，在很久以前被我们这些少不更事的孩童当歌唱。何谓过年，过年就是女孩盼新衣，男孩盼鞭炮，最重要的就是有猪肉吃。

儿时村里家家户户都养猪，但是真正到过年杀猪的却极少。原因是杀猪太浪费，自己家肯定不敢杀，得请杀猪的屠夫。另外还要请村里人帮忙挖坑，烫猪，褪猪毛，加上蹭吃蹭喝的七七八八的人，消耗东西不说，关键是太忙人了。再就是割肉赊账的太多，乡里乡亲，不赊账面子上过不去。赊账了，钱就散了，所以，不如卖活猪，虽然价钱便宜点，但是能有一次性的收入。

杀猪的少了，过年吃的肉，只能去镇上买。腊月二十六，像是特定的日子一般，是赶集买菜、割猪肉的大好日子，风雨无阻。我们村距离镇上有七八里远。泥巴路，坑坑洼洼，骑自行车颠得屁股疼。一般赶集是几家合伙拉一辆牛车，去的时候，空车上坐着这几家的小孩。

进入集市，先找肉架子。镇上卖肉的形成专门的市场，所谓市场也就是十几家卖肉的连在一起而已，旁边便是卖菜的摊位。父亲穿着厚重的棉大衣，扯着兴奋得连蹦带跳的我，来到猪肉架前。猪后臀瘦肉多，也是最贵的地方，其次是前夹，中间肋骨的地方，肥肉多，一般都是割礼吊。故乡有风俗，嫁出去的姑娘要给娘家割礼吊，无论是新婚还是结婚多年。风俗一直延续到现在。

整猪一破为二，铁钩子钩起猪前夹薄弱的地方，然后挂在铁架上。肉架子挂满了白花花、肥腻腻的猪肉。父亲伸出缩在军用棉大衣中的手，用力拍拍猪后臀，问多少钱一斤。再问问前夹和中间肋骨的地方。一家一家问过去，最后再回头看看，终于确定一家。像是心照不宣，父亲指着猪前夹的地方，一个眼神递过去，卖肉的便拿起锋利的刀，用手指在猪肉上量一下，然后一刀切下去，遇到骨头的地方，拿起砍刀，咔咔咔地砍几下，骨头碎了，肉割下来了。

割猪肉，也是衡量口袋的饱和度。猪前夹既不贵，瘦肉也多，虽然血迹比较多，但是人们都说猪身上最香的地方不是猪后臀，而是猪前夹。父亲割了自己家要吃的猪前夹后。再看看中间肋骨的地方，用手比划个数字，卖肉的又是一刀下去。这是给外婆家的礼吊，正月初二提着礼吊，担着四色礼，去外婆家拜年，

父亲买来的猪前夹，到腊月二十八下午，母亲剁成块，架上火，丢在大锅里煮，放上盐、花椒、桂皮、八角、生姜等五花八门的佐料，煮得用筷子一插，稀松，那便是煮好了。

到了晚上吃饭的时候，我们兄妹每人拿着一个带肉的骨头，牙尖犀利地啃，那个香味，至今难忘。

吃饺子

年三十吃饺子，很多地方的风俗基本相同。

忙了一年，为的就是腊月二十三以后的几天。当然最重要的还是年三十。记忆中的年，除了母亲在厨房忙还是在厨房忙。她做了这顿吃的，紧忙又准备下顿吃的，似乎除了吃就是吃了。

饺子，是故乡最具特色的一道年夜饭。饺子两头尖尖，中间肥墩墩，厚实实的像元宝一般；饺子也像丹江河面上的小船，尖尖圆圆，让人无限爱恋。饺子馅不像灶干馅，它有多种口味，萝卜馅、芹菜馅、莲藕馅、白菜馅，还有一种素馅，韭菜加鸡蛋。

我们家的饺子一般都是大肉馅，萝卜加瘦肉，当然，还有母亲偷偷剁进去的油渣。油渣是猪肥肉炼油后的干渣子。母亲舍不得倒掉油渣，用油渣待客，又会让人笑话。而我们兄妹捣蛋挑吃，都不爱吃肥肉，更别说油渣了。于是，母亲便剁进饺子馅中。油渣被剁成碎末，就算我们吃出来了，也无法吐出来。母亲这一招年年使用，年年被我们嘀咕，但是年年都在吃。

一件最关键的事儿，母亲包饺子的时候，会在饺子里包上几个硬币，别看只是一分、二分、五分的硬币，那会儿也让我们兄妹争破头的在锅里找，不是钱多钱少，那代表着运气，谁吃到饺子中的硬币，来年一切顺利。

所以盛饭时，我们都在锅里找大饺子。后来母亲生气了，说我们把一锅饺子搅烂了。于是饺子煮熟的时候，父亲带着我们兄妹在家门口放鞭炮，母亲在屋里挨个盛饭，一人一碗盛好放在锅台上，我们兄妹各自端一碗，围着四方桌吃。

外边鞭炮噼噼啪啪，屋内十五瓦灯泡在头顶发出黄灿灿的光，饺子锅里冒出的烟雾在土坯房子里缭绕。

随着年龄增长，年对我们来说，越来越淡。

随着时代发展，年对大家来说，越来越轻。

而今，又至年关，遥望故乡，想起去世的父亲，想起蹒跚的母亲，想起故乡的旮旮旯旯，那炊烟袅袅，那水雾蒸蒸，那一汪深情。

诗经花草知多少（系列）

十亩之间

十亩之间兮，桑者闲闲兮。行与子还兮。

十亩之外兮，桑者泄泄兮。行与子逝兮。

——《诗经·魏风·十亩之间》

我是摘桑葚的时候，想起这首古诗的。那日恰好立夏，和友一起去了一个名叫"寺湾"的乡镇。

午饭后，一场雨迎面而来，按捺不住心里的窃喜。迎着雨去了一处桑树林，隔着车窗便看到肥厚的桑叶，绿莹莹的在雨中摇曳。迫不及待地下车，紫红的桑葚，就这么装进视线，欢呼一声，喜悦到无法控制情绪。

桑树很多，何止十亩，无论是沟沟坎坎，还是大片整齐的田地，都是绿油油的叶子。我站在路边，不需要借住任何家伙什，只需要抬手，就能摘到紫红的桑葚。桑葚长得奇怪，与其他的果子不一样，长在枝头或叶间，它挂满整个枝条，或三，或两，或四五个凑成一堆，成熟的紫、半熟的红、不熟的绿，簇拥一起，让整个枝条硕果累累。

我摘桑葚，捡最大、最紫的摘。经过雨水的清洗，桑葚上带着油亮的光泽。紫红的桑葚，一经入口，丝丝酸，丝丝甜，通过口腔送入腹内，于是，心扉都漫延着桑葚的酸甜。

因下雨，不见采桑叶的农人，偶有几个摘桑葚的，打着雨伞，在地里大惊小怪。妇人们欢快的声音，和红绿相间的人影，让一个桑园灵动无比，我的脑海就冒出了《诗经》中的《十亩之间》。

经年里，在一片很大很大的桑园里，年轻的姑娘们采桑多悠闲，她们一道唱着歌儿回家转。在相邻一片很大的桑园里，漂亮的姑娘们采桑多悠闲，她们一起说说笑笑往家转。

情景何其相似。她们采桑叶养蚕，心情好得出奇，一边采桑叶一边唱着歌儿。我们摘桑葚，也是欢呼雀跃。千年前的采桑情景，和千年后的摘桑葚场景，不断重叠，不断交替。我在绿色的光影中，畅想遨游。

儿时，村里只有一棵桑树，长在四姑家的厨房后，树冠已经高过房顶。四姑本来远嫁外乡，但是丹江大坝的建设，她的村庄要移民。四姑又回到故乡，被冠以"投亲靠友"。不晓得四姑家咋就长出一棵桑树，每年立夏前后，桑树结了桑葚，为了一饱口福，我们经常在四姑家房子前后转悠。

有时候趁四姑不注意，抱着树，噌噌地爬上去。那会儿，似乎从来没有吃过长紫的桑葚。桑葚还是浅红色，酸得很，就这也不影响大家对桑葚的喜爱。有些淘气的孩子，拿石头扔上树枝打，用棍棒敲，这些家伙什不长眼，经常落在四姑的屋顶上，茅草屋经不起这些砖头瓦砾的肆虐，被砸出一个又一个破洞。

善良的四姑恼怒了，她拿着棍子站在树下，大声呵斥，吓得还没有靠近桑树的我们，四散而逃。尽管这样，依旧不影响我们偷摘桑葚的乐趣。

　　大家总结出一条又一条摘桑葚的经验。三五个孩子，明确分工，一个放哨，一个爬树，一个站在四姑家门口，盯着四姑家的人什么时候出来，留两个在树下捡。那些或浅红，或青的桑葚，被我们宝贝一样捡起，装进瓶子里，灌上井水，放几粒糖精，倒上一丁点醋，酸甜、酸甜的凉水似乎就染上了桑葚的味道。

　　读小学的时候，邻村的村子比较大，桑树也多。有个同学从小残疾，两腿弯曲，走路一跳一跳，模样长得也吓人。大家都不愿意和他玩。有一天，他竟然从书包里掏出一把一把泛着红的桑葚，那些好像虫子的桑葚，极大地吸引着味觉。于是，一班同学拥蜂而上，争着抢着把他的桑葚弄到自己的瓶子里。

　　读小学那几年，每每到吃桑葚的时节，残疾同学就用这样的方式，迎来大家的追捧。他瘸着腿，一跳一跳，把桑葚挨个分给同学们。大家说谢谢的时候，他只是咧着嘴巴，傻乎乎地笑。

　　许多年后，我在寺湾镇，见过千亩桑园，那是地方政府打造的示范基地。桑树枝条绿得耀眼，被修剪得矮矮的，我蹲在地里摘桑葚，吃桑葚，手被染紫了，嘴巴也染紫了。

　　时隔几年，我再次来到这片种植桑树的土地，入眼的还是那么绿，村庄在绿叶的衬托下，特别白。

　　我一边摘桑葚，一边想着经年里的《十亩之间》。无限的拓展思维，我甚至想到了华夏的始祖嫘母，发现桑蚕，教人们养蚕，才有了丝绸的诞生。中华丝绸惠及全球，在中华和世界文明史上，都写下了极其光辉灿烂的篇章。

　　而今我所站立的这块土地，虽然很小，但是因了桑蚕而享誉中原。

这里的农人采桑养蚕，把日子过得红红火火，像柔滑的绸缎一样，柔美，娇艳，让人艳羡的同时也欣慰的很。

芣苢

采采芣苢，薄言采之。采采芣苢，薄言有之。采采芣苢，薄言掇之。采采芣苢，薄言捋之。采采芣苢，薄言袺之。采采芣苢，薄言襭之。

——《诗经·周南·芣苢》

从来没想到车前草竟然有这么一个好听的名字"芣苢"。翻看《诗经》，看到这两个字的结构，便由不得的喜欢，看了拼音，才识得它的读音。读了释意才明白，芣苢就是车前草，那是一种熟悉得不能再熟悉的植物了。

整首诗读来，似乎都是在重叠，唯有后边几个字的变化。让人由不得沉入其中，幻想一些事儿。诗中的采芣苢，采芣苢，带着小欢喜，小兴奋，让人的情绪随着诗词调动起来。

芣苢，在我心里，它的名字应该叫"车前子"。乡下遍地都是，它的用途很广泛，苗子嫩的时候，被我们挖回家，除去水分后凉拌吃，抑或当下锅菜，下面条。最常用的一种是做"药引子"。即医生开好的药方里，需要它做一个引子，放在药里加强药的效果。

还有一些人挖了车前子，摆放在窗台上晒干，说是泡茶喝。

能让我记着车前子，而且对其印象深刻，念念不忘，源于二哥。有一次二哥病了，父亲抓了药，医生说需要车前子做药引。父亲放下药，让母亲熬，他着急慌忙喊我去挖车前子。我不明所以，不懂二哥生病为什么要用车前子，父亲心急，懒得和我解释，抓起一把镰刀就朝村前跑，在村前的地埂上，从来不割草的父亲，像寻找宝物一般，低着头在地埂寻找。

对于经常割草的我来说，车前子再熟悉不过。鼓着嘴巴跑到河边的堤岸上，我知道那里车前子最多。车前子的根是直长的，根茎很短。叶子像莲花一般盛开，那些椭圆形的叶片或平卧，或斜展或直立，花长得奇怪，花茎好似小很细小的花。

乡村花太多，以至于我从来没有注意过车前子的花，印象中只记得那一根根花茎上的絮絮。什么颜色也没有概念了。

用镰刀将车前子连根挖起，待父亲用篮子装上，回家后洗洗干净，放进药罐中。嗅着那些苦苦的中药，我第一次知道车前子原来可以入药。

读了《诗经》中的芣苢才晓得，在很久很久的从前，这种古老的植物已经被人们广泛应用了。那些绿绿的植物，还有治疗不孕不育的功效。想想也是，本草纲目言，草木皆入药。每一种植物都是独特的，都有不同的药性。它们生于空旷的自然，吸纳天地灵气，吞吐精华，最后孕育成精灵，为人类做出自己的贡献。

《诗经》中采芣苢的场景很大，那些挎着篮子的女子，采呀采，采呀采，一片一片摘下来，一把一把将下来，最后多得没有地方放了，掀起衣襟兜回去。这样的场景，和我儿时的故乡何其相似，村子里大婶大娘，在各种绿植返青之后，头上裹了毛巾，胳膊上挎着篮子，便兴冲冲地出门去。春天，放眼看去，山坡上、地埂上、河堤上，到处都蹲着人影。

她们左手提着篮子，右手拿着镰刀，见到能吃的野菜便挖出来，撒撒根部的土，用嘴吹吹叶子上的浮灰，然后才放进篮子。在众多的野菜中，芣苢便是其中的一种。那时候，我并不知道它拥有这么优雅的名字，而是习惯于叫它"车前子"。

童年的青黄不接，我们全凭这些野菜果腹，因了这些绿植，生活才有盼头。

我能想到，《诗经》里的古人们，她们采苤苢的兴奋。

天空是晴朗的，空气是清新的，大地是绿色的，一棵棵车前子在草丛中随风摇曳，她们采起一棵，又采起一棵，日子，似乎就多了一棵棵不同的味道，生活便荡起了层层涟漪，那些全是对美好生活的期盼和挚爱。

卷耳

采采卷耳，不盈顷筐。嗟我怀人，置彼周行。

陟彼崔嵬，我马虺隤。我姑酌彼金罍，维以不永怀。

陟彼高冈，我马玄黄。我姑酌彼兕觥，维以不永伤。

陟彼砠矣，我马瘏矣，我仆痡矣，云何吁矣。

————《诗经·周南·卷耳》

最初读《诗经》，字也没认全，囫囵吞枣，什么也不懂，看一眼，也就过去了。

而立之年再读《诗经》，很多字依旧不认识，但是却发现它和生活如此接近，而我，也总是被一些意想不到的事物惊吓到了。比如"卷耳"。怎么也没有想到，乡下再普通不过的一种绿植，竟然被写进《诗经》，千古流传，让人心神震荡。

这首《卷耳》在诗经中排列靠前，随手点开后，便沉溺其中。诗中采卷耳的是一位思念丈夫的女子，她采了一筐卷耳，因思念丈夫，便弃置路旁，而后的惆怅、忧伤、无奈，让人不得不感叹，一位女子对丈夫的思念和爱恋。

感慨之后，我想到的是乡下，那块我出生成长的地方。在那里卷耳不叫卷耳，大家都叫它"苍莨萿"。小时候，这种植物太多了，满山遍野，哪儿哪儿都是。

春来，一场春雨浇透大地，最先冒出两瓣叶子的便是它，苍莨菪的两瓣叶子和凤仙花的两瓣叶子是一样的。而我们也总是分辨不清，曾多次把苍莨菪误认为凤仙花，移栽到花盆中，待到第三、第四，第五、第六瓣叶子长出来，才能确认，苍莨菪和凤仙花叶子的区别。

苍莨菪太多了，而且味道不怎么好闻，所以不招人待见，在乡下，这种绿植牛羊都不吃。书中说它可以食用。我吃过很多种野菜，唯独没有吃过苍莨菪，也没有见过别人吃。

不过查了资料，得知苍莨菪籽却是可以入药的。曾经和一个老中医聊天，他说自然万物，不仅天生地长的绿植，就是小孩子的尿，成人的粪便，都能治病。想想也是，大自然是人类赖以生存的根本，在很久的从前，祖先不都是靠这些绿植入药治病吗！

诗经中采卷耳的妇人，她的丈夫远行在外，正行进在崔嵬的山间。留下她形单影只，她想象中丈夫的虺（huǐ）隤（tuí），一种无奈的忧伤，在采卷耳的时候，全部迸发出来，让她惆怅不已。

印象中，苍莨菪的叶子很大，蒲扇型的叶子上带着细绒绒的毛，手摸，有粗糙感。已经记不得它的花长什么样子，唯一难忘的是它的果实，椭圆形的小小果实，像刺猬一般，浑身长刺，青果果的时候，刺是柔软的，放在手心，会有痒痒的感觉。成熟的果实扎手得很，那些褐色的果实，不敢触碰，一不小心，便沾得满身都是，又扎又痒。

童年，和小伙伴们一起疯摘苍莨菪，男孩子总是趁我们不注意，一把苍莨菪揉到头发上，无论多么漂亮的头发辫子，也被摧毁到极致。

那些苍莨菪也是无孔不入，打泥的猪从它们中间穿过，带着厚厚泥浆的身上，便粘满了苍莨菪，急得它们满地打滚，那些带刺的家伙，却随着它们的滚动，沾得越来越紧。

戏过水的鸭、鹅，一摇三晃，路过苍莨菪，一趟下来，羽毛上也沾满了苍莨菪籽。还有牛羊，凡是长毛的动物，都逃不过苍莨菪籽的虐待。这好像也是苍莨菪的一种手段，只有这样，它们的籽才能被运载到远方某个角落，生根发芽，开辟新的生长空间。

小时候，苍莨菪籽的存在，好像就是为了捉摸人似的。最要命的被娶进村的新娘子，闹洞房的人可劲儿地闹新娘子，一把一把苍莨菪籽揉到新娘梳理得漂漂亮亮的头发上，甚至被塞进了衣服里，原本幸福得一天，却成了闹心的一天。洞房花烛夜，那些美丽的新娘子，被丈夫笨手笨脚的摘去头上的苍莨菪籽，头发都被揪掉了不少。

尽管如此，大家依旧是欢喜的，不管是黏在身上的苍莨菪籽，还是沾在头发上难以摘掉的苍莨菪籽，都是刻在心上的记忆，那里边融合了童年的欢乐，承载了少年的友情，更是增加了爱情的温度，那双大手，一遍一遍抚摸过柔软的青色，日子竟然这般美好。

卷耳，从经年走来，尽管其中的细节不尽相同，但那些思念都是历经沧桑，让我们在怀念古人的同时，也感叹植物的生命力，穿越千年，还是那么青葱。

樛木

南有樛木，葛藟累之。乐只君子，福履绥之。南有樛木，葛藟荒之。乐只君子，福履将之。南有樛木，葛藟萦之。乐只君子，福履成之。

——《国风·周南·樛木》

读诗经，发现诗经里描写植物的文辞很多，多数借物喻人，借物寄情。一件原本平常中的事情，因了一种植物的出现，变得情意盎然，景致高雅。

南有樛木，说的是南方地区有很多生长茂盛的树木，这些树木中有下垂的树枝。葛藟爬上这根树枝，并在树枝上快乐的蔓延。一位快乐的君子，他能够用善心或善行去安抚人或使人安定。

通过樛木和葛藟这两种植物，比喻女子嫁给丈夫，然后为新郎祝福，希望他能幸福美满的生活。

这首诗歌里的樛木和葛藟，让我想起了两棵树，在淅川县仓房镇的香严寺院旁，有一棵挺拔的树，高耸入云，树冠庞大，一人伸开双臂，恰好环拢。一棵树并不奇怪，让人称奇的是一株葛藤，蛇一般的身躯，环绕在树干上，一直蔓延到树枝的分叉处。

这两棵树被来来往往的游客驻足观望，换来无数惊叹。被冠以"美女抱将军"。久而久之，凡是到寺院的游客，必定要去参观这两棵树，如果没去，似乎少了些什么。尤其是那些走进围城的已婚人士，站在树下，仰望两棵抱在一起的树，总能顿悟些什么。

我觉得，夫妻就像两棵抱在一起的树，他中有我，我中有他。女子柔弱无骨，需要男士无私地拥抱和宽容。男士粗狂不羁，需要女士的细腻和温存。两个人好比两棵树，互相吸收彼此的养分，从而越来越好，越来越强，最后成了独树一帜的风景。

许多年前在南方打拼。那时候生活特别清苦。第一年刚去打工，没有挣到多少钱，除去给家里父母的生活费，交了房租后，基本所剩无几。过大年买了三条小鱼，一斤猪肉，几棵青菜，噙着眼泪，忍着思念父母孩子的痛苦，熬过了一个大年夜。

初一那天，先生骑着自行车载着我，在异乡的巷子里转悠。南方水多，桥就多，榕树更是随处可见。在一个公园里，我看到一处特别令人惊讶的奇观。一棵大榕树的树干，起码要十来个人伸开双臂才能抱拢。榕树上那些胡须般枝条垂下来扎进土地。

巨大的榕树周围，那些须状的枝条长成六根巨大的树根，围成一圈，把大榕树围在中间。

一棵榕树，七个树根，组成一处特殊的风景区。当地的老年人在榕树周围摆了香炉，磕头烧香，虔诚如斯。我震撼的看着那一幕，听着老人们念念叨叨的絮语，一开始觉得那些老人真是太迷信了。对着一棵树跪拜什么。沉思许久，方才明了，万物有灵，草木有性。

　　这棵榕树历经几百年，甚至上千年的风雨洗礼，早已深入人心，它在岁月的长河里，见证生命的每一个瞬间，且不说它在历史的烽烟中存活下来，就是江南特殊的狂风暴雨，也是巨大的挑战。

　　它活下来了，并且让自己的须条也能扎根，长成支撑大榕树的巨根。这些是生命的赋予，是大自然的灵性。那些老人历经岁月的坎坷，更加懂得珍惜生命，珍爱生活。她们跪拜古树，是崇敬自然，更是尊重生命。

　　如今，再回头看诗经里的植物，它们在古人不断重叠的吟唱中，含蓄的表达着爱情、亲情等各种情意。正是这种含蓄和内敛，平添了诗歌的美好和高度。经年来，让无数人研究、讨论、歌颂、赞美。

　　大自然中的每一种植物，都是天地孕育的精华之物。自经年而始，我们都生活在这些精华之中，不管是用来歌颂亲情，还是用来比喻爱情，我觉得，这就是莫大的幸福。

一树桐花

看到它们的时候，春天已经过去很久了，那些花稠密的不行，扎堆般凑在一起。喇叭形的花朵你挤我，我挤你，热闹得不得了。一棵桐树像站岗的士兵，挺着笔直的脊梁，纹丝不动，任凭那些花朵在枝头可劲儿地闹春。

我待在树下，仰头看那些花，花朵上带着点点雨水。风一吹，那些雨点似乎要滚落下来，风又吹，它们又骨碌碌转回去。桐花和雨点，在大清早最亲密，让我这个过路的客欢喜不已。

昨晚一场雨，隔窗听声，嘀嗒、嘀嗒，委实担心那些花，能不能经得起一场雨的摧残。幸好，它们依旧在，听了一夜雨，它们变得更清新、更娇美了。

看友的朋友圈，她说先生还没有出发，就已经开始遏制不住的思念了。爱如同点燃的火，沸腾到顶点了，分分秒秒都是炽热。

她说从来没有像现在这一刻，站着、坐着、躺着，抑或工作着，时时刻刻都想见他，有坠入初恋的美好，也有热恋的热情，更有新婚的激情……

她晒一家人幸福的自拍照，和他脸贴着脸，眼神流出的恩爱和娇羞，真是暖爆了朋友圈。她说就想要不顾一切，把幸福晒出去，把恩爱展示。她又絮叨，真好，真好，经历了一场小小的婚外恋插曲，两个人懂得珍惜了，懂得宽容了，懂得彼此了。

有一同学长相俊俏，当年嫁得好，是大家艳羡的对象。不料"人有旦夕祸福"，婚后没几年，一场大病降临在她先生身上，送进大城市的医院，花了将近百万，总算救回一条命。

那时孩子才十来岁，她又当爹，又当妈，还要起早摸黑做生意。她说有时候真想一觉睡下去，再也不要醒来了。但是看着跟前喊妈的娃，坐在桌子前流口水的他，咬着牙，摸一把眼泪，又迎接新的一天。

夜雨打芭蕉，她听得太多了，花开花谢，似乎都与她无关。她拉着一辆生活的重车，使劲朝前走，这一走就是十几年。如今孩子读大学，先生也逐渐恢复得差不多了，她终于看到了春暖花开。

桐花的花语是情窦初开，也许是栽下梧桐树，引得凤凰来，也或者是那花太过美丽，让人情不自禁地爱上。

这一棵桐树长在一小块菜地里，一场雨，落下很多花瓣，草上、菜上、葱间、蒜行，似乎都开满了桐花，我驻足看那些花瓣，浮想联翩。

"月下何所有，一树紫桐花。桐花半落时，复道正相思……"古人赋予桐花众多优美的诗词，那些花在岁月的光阴里，长出脚，一步一步从冬天深处走出来，一直到清明时节，满树春光，开出花来。

世上的鲜花总会相继盛开，美丽的事物也会接踵而来。

爱情的模样，当如桐花，抱着、依偎着。把短暂的花期放在怀里，抚摸着、疼着、亲着，哪怕是熊熊的燃烧，滚滚的雨落，也蕴涵别样的精彩！

最美的艳遇，是遇上另一个自己

她时常在"夜听"平台，听着主持人磁性的声音，讲述关于爱情及婚姻的故事。每期的背景音乐多是低沉或轻音乐。作为一个感性女人，她经常会沉溺其中，不是陶醉，而是感慨。

一个平台好像一个社会，汇集了各种人。在那里她读到了太多失意人的人生，不关金钱和物质，而是生活，这里的生活包括爱情、婚姻和家庭。

一直以来，她都在自己的世界里伤春悲秋，曲高和寡地无病呻吟，感叹当初自以为是的爱情，导致今天压抑的生活。但是因为各种原因，又不得不继续维持这种局面。

在"平台"她似乎找到了知音，这些知音是生活中难以找到的。她读那些陌生知音的留言，实实在在理解了托尔斯泰的一句名言："幸福的人是相似的，不幸的人各有各的不幸。"

她读到了疼，那疼是心的疼，是精神的疼。她经常会莫名而伤，不仅为己，而是为那些天涯海角的陌生人，因为他们都拥有一颗鲜活的心和丰富的感情。

想想当初走进婚姻，不外乎情窦初开，一颗心与另一颗心砰然相撞，划出火花而走到一起。然而生活不是电视剧，也不是小说，柴米油盐酱醋茶浸染生活，起起落落就会有很多波折，有的人以波折为挑战，奋发向上，积极努力，最终把日子过得花一样美丽，音乐一般悦耳动听，夫妻情感越来越好，孩子培养得越来越优秀。

有些人在大浪淘沙中被剔除，变得不思进取，性格暴戾，对家庭对孩子不负责任，其中一方就生活在水深火热之中，面对一个不和谐的家庭而苦闷，生活变得疲惫不堪。

婚姻就像每个人的人生一样，不会一帆风顺，很多时候大家都在忍，这种忍并不是软弱，就如同弹簧一般，当其退缩的时候，并非是惧怕彼此，而是因为他在为爆发出最强的力量做着准备与积累。说白了也是在积攒失望，失望积攒的越多，痛苦就越多，最终的结果就是劳燕分飞。

二十年的婚姻，竟然过得特别累，这是小雅最深的体会。两个人从一个起跑线上出发，结果却是他成长太慢，她成长太快；他自以为是的夸夸其谈，她惜时如金拼命努力。两个人之间的差距越来越大，这种差距不是收入，而是观念、视野以及处事方式，等等。

他不懂她在想什么，不懂她想做什么，不懂她对生活质量的要求……她却能一眼看穿他的心思。这样的日子她觉得是一种煎熬。渐渐的她不想和他说话，打心眼里鄙视他，甚至有怨恨在心里。

小雅曾经试图和他沟通，却发现思想的差距犹如天堑，她和他再也回不到从前了，蝴蝶终究飞不过沧海。她好像理解了这句话的含义。

后来，小雅在不断的反思中学会放下，不再去依赖他，也不再试图调教他，与其痛苦不如放手。她把所有的心思用于读书创作，提升个人素质，慢慢积累了不少东西，思想境界得到升华。

人生就是这样有得有失，小雅失去了婚姻的实质内容，却遇到了另一个最美的自己，她始终相信只有自己变得更优秀，路才会越来越宽，越来越广。

每每看到独立、自信、自重、自强的自己，小雅会欣然一笑，她珍惜这样的自己，也喜欢这样的自己。

给四月写一封情书

写点什么呢，在四月。

写一封情书吧，带上炽热的爱，让一颗心无拘无束地奔放。让那些花们绕着，笑着，让季节就这么停住吧。

感谢四月，让我们沐浴在风中，感受着太阳的滋润。是你让这个时节的城市浪漫了许多，橱窗里花花绿绿的色彩，走进去，再也不舍得出来。清爽的素衣，穿在身上，虽然比不得花儿艳丽，却是素雅的很。

最让我爱你的是，因了你的到来，花儿争着抢着开，草儿拼命地拔节，树叶由嫩到绿，再到如今的稠密，真是让人感慨不已。山冈上、河堤上，哪怕是石头缝里，凡是沾到泥土的地方，只需要你轻轻而来，就能催开所有的芬芳。

那天，我翻过一道山，又翻过一道梁，在大山的深处，看到你了。你和许许多多的村民一起，在山上躬耕。那些遗留在大山深处的土地上，因为你，开出许许多多的花，有红，有白，有紫，山花争艳，姹紫嫣红。山里的乡亲脸上乐成了一朵花，偶遇的老奶奶说，都是托了你的福啊，让山村亮了，开花了，娇俏了，美丽了。

我回老家的时候，深切地感受到，因为你的到来，村庄热闹了。所有的青苗，被故乡人移栽到土地。一行行、一株株，进入视线的时候，我的眼睛瞬间濡湿了。真的，非常感谢你，让我再次看到了这样的场景。绿苗扎进土地的根，都是你的恩赐。你让故乡变得美好，充满希望，我要替故乡的父老说声谢谢你。

他们说菜花长得闹人，花没有开的时候，它开了，花败了，它依旧开。我不允许他们这么说菜花。菜花这么开，是因为你，是你让一个季节这么美丽，菜花才拼命地开花，拼命地结籽，让故乡飘出一股一股的香。

麦子抽穗了，絮絮的花黏在穗上，风吹，它们一起一伏，层层叠叠的麦浪，犹如蹁跹的舞者，它们舞呀舞，让单薄的土地丰腴了许多。

你看着它们，欢喜的地笑。是的，你笑了，你看着麦穗上浆，那些白嫩嫩的浆水，不需要多久，就能喂养我们这些长在土地上的人了。

在你的呵护中，蹒跚着脚步的爷爷奶奶，靠在墙角，微眯着眼睛，享受难得的静怡。大婶们扛着锄头，房前屋后，凡是有空的地方，挖上一个个的土窝，随手扔下几粒种子。

透过阳光的缝隙，我似乎看到了夏季的瓜瓜豆豆。

感谢你四月，给我们指引了方向，指导我们栽植了希望。让所有的梦想不再是若隐若现的一道剪影，让生命绑上翅膀，穿过田野，穿过村庄，穿过开满鲜花的山冈，飞翔到遥远的地方。

遇见，就是一种幸运

祥子有乙肝的事儿是当兵体检出来的。

有乙肝不可怕，没有穿上梦寐以求的军装才是他心里的硬伤。祥子瘦得像竹竿一样的身子在丰满的江南显得异常萧条，尽管瓶瓶罐罐不断，他还是没有结结实实。

江南风景很美，大榕树像蒲扇一样飘散在小巷子的角角落落。祥子在无数的巷子走走停停，看了整整三天，才拿着高中毕业证进了一家配件厂。

祥子一头扎进工厂，数控车床，是他操作的机器。这个曾经在课本里见到的怪物，如今活灵活现地出现在眼前，心猛然开花，结出一个又一个希望的种子。

祥子不负所望，很快就掌握了数控车床的各种仪器数码，并熟悉操作，得到老板的赏识。工资噌噌地涨，似乎在很短的时间，祥子便一跃而起，领先于早早出来混日子的一群老乡，单说工资，他无异于鹤立鸡群。

一年、两年、三年……祥子拿着高薪水，却又失落地走在长街上。眼看着比自己小的老乡都谈了女朋友，领回老家过春节了，他早已步入大龄青年行列，女朋友还在娘家住着。阿珂给他出主意，弄个英雄救美，阿辉给他出主意，看着不错，就先失身。阿龙说要大方，拿钱当纸砸，不信砸不出一个窝。

　　好像能使的招都使了，祥子依旧孑然一身。老家的父母急了，托人说媒，把祥子的情况，尤其是薪水高的事儿特别提提。那次有个女孩背着行李去找祥子了。

　　看着坐在出租屋的女孩，一众老乡沉默了，大家谁也没有开口说话的欲望。女孩对祥子一见钟情，热情高涨，时而畅谈，时而哈哈大笑。

　　大家更沉默了。

　　祥子不好意思，对大家说他带女孩去看看外滩的夜景。

　　等祥子出门后，阿珂一跃而起，阿龙踢倒屁股下的小凳子，阿辉双眼呆滞，一屋子人仰马翻。阿珂说他活二十多年，就没见过长成这样的女人，这还敢出门，不是吓唬人吗！嘴巴一张，裂到耳朵耳根子了，那牙齿，就没刷过吗？这是从哪个原始森林里冒出来的……

　　从老家来的大龄女孩，也是祥子头一次遇见对他一见倾心的女孩，在众人的打岔中不了了之。

　　祥子说送女孩坐车回老家的时候，女孩哭成啥了，哭得他差点心软，把她再领回来，就那么过下去算了，也算圆了爹妈娶儿媳妇的心愿。

　　阿龙说求求你，让我们吃顿饱饭吧，她在咱们出租屋待三天，我三天没吃饱过。

　　日子还是那么平淡，流水线的工作单调得没有一点色彩。祥子的工资又涨了，心事更重了。三十岁是人生的一个分水岭，男人三十而立，祥子事业有成，婚姻却成了难题。

　　又是一年春节放寒假，老家的父母再次打电话来，说家里托媒人说了一个姑娘，从广东打工回来，让祥子赶紧回家相亲。

一堆老乡立马上街，走进最贵的商店，给祥子买一身高档西服，名牌皮鞋，这一次要彻底包装，争取一炮打响。

三天后，祥子来电话了，他高兴地说有媳妇了，但却不是老家介绍的姑娘，而是他所在工厂的一个姑娘，是他教出来的数控车床徒弟。一群老乡傻眼了，这是什么情况。

女孩说爱慕祥子两年了，但是迟钝的祥子没有注意到，这次听说祥子回家相亲，她害怕他回来的时候，会带着一个姑娘。于是，尾随祥子，上了同一辆车，一直追到祥子家。

祥子看着眼前如花儿的女孩，忐忑不安地说自己曾经有乙肝。

女孩说，已经治好了啊。

祥子说，我比你大十岁。

女孩说，大了知道疼人。

祥子说，我说话不利索。

女孩说，咱们是普通话交流。

祥子说，我……

女孩上前一步捂住祥子的嘴，说遇见你就是我的幸运，跟着你，我不会后悔。祥子眼角濡湿，抱着女孩，狠命地搂进怀里，紧紧地不松手！